19世紀パリ・オデッセイ～帽子屋パチュロとその時代

髙木勇夫

社会の階梯をのぼるジェローム・パチュロ

本書を妻・幸子にささげる

19世紀パリ・オデッセイ～帽子屋パチュロとその時代　目次

第I部　7月革命とその後

パリの街を走りまわるマルヴィナ

第一章　パリのオデュッセウス

19世紀前半のパリ

ジェローム・パチュロという男には、良きにつけ悪しきにつけ典型的な近代人としての行動様式がそなわっている(**図1A**、図につけた数字は本書の各章に対応している)。19世紀前半のフランスに興隆した新聞連載小説(ロマン・フイユトン)の形式にふさわしく、彼はパリ人士の耳目をあつめた新奇な出来事に次つぎと首をつっこみ、性懲りもなく失敗をくりかえす。ジェロームを主人公とする物語は、ごく普通の人間の視点から異常な社会を描いた一連の出来事の記録である。近代初期のもって

図1A　ジェロームの遁走

まわった文学表現のあり方からして、内容が直裁につたわらないきらいがある。とはいえ文章のリズムは軽快で話題の転換が早い。すべてが時代精神のパロディーとしても、歴史研究とは別の興趣がわく。書かれている事柄の意味さえ見当がつけば、ゆうに1世紀半の時をへた極東の読者にも、みずからの身にひきつけて思いあたることがあるはず。そのままうちすてるには惜しい素材である。

　ここ4半世紀来の社会史の流行にあずかって、フランスでも日本でも歴史・文学・思想の各方面における研究が深まり、ジェロームがまきこまれた事件の政治的背景、時代の経済情勢、さらには社会の風俗描写の背景にあるものを理解できるようになった。パチュロ物の訳者としては、同書をベストセラーにおしあげたフランス近代社会を理解するのに必要な知識を日本の読者に提供したいというのが、ここ数年の念願だった。主人公の人となりについては次項にゆずり、以下で時代状況について簡単に説明をしておこう。１８３０年から48年までがパチュロ物の背景とする時代である。ナポレオン1世の治世が始まったころに生まれたとおぼしき、われらが主人公。この期間に、髭剃り跡もすがすがしい青年から、くたびれはてた中年男になりさがる。政治史上では**１８３０年は7月革命、48年は2月革命のおこった年**である。ブルジョワ的な出自をほこる一家の主としても、民衆革命の動向に無関心ではいられない。小説の舞台となるのは花の都パリ。総選挙が話題となるときだけ、地方の状況にもふれられる。

　パチュロ物は2作に大別される。第1作の原題名は『社会的な地位をもとめるジェローム・パチュロ』といい、前編と後編にわけられる。その前編で、大海原にも比すべきメトロポリス・パリで、若きジェロームは目ぼしい地位をもとめて社会の階梯をのぼっていく[1]。ロマン主義者、サン＝シモン教徒、いんちき債権募集の名義人、文芸紙の編集者、新聞小説家、演劇や音楽の批評家、御用新聞の発行人などど。職業というにはあまりに頼りない浮き草稼業だからこそ、どの立場にしても思惑どおりいかず、途中で放り出す羽目になる。社会的地位をあらかたうしなって、失意のうちに自殺をこころみる。ところが恋人の機転もあって死にいたらず、家業の帽子屋家業にまいもどる……と、ここまでが第1作前編の粗筋である。

第1作後編では、ジェロームは30代なかば過ぎの男盛りになっている[2]。もっぱら妻女（かつての恋人）の働きのおかげで繁盛する帽子屋の主人におさまった彼は、自動的に国民衛兵（パリのブルジョワ民兵組織）の士官になるのだが、応援する者があって首尾よく隊長にえらばれた。年齢相応の分別もそなえたはずだが、社会的尊敬をうける地位を足場として、社交界や文芸サロンをわたり歩く。いささか胡散臭い連中とまじわりながら、念願の代議士の地位を手にいれるまでになった。まかり間違えば次官の職にありつけるかもというところまでいったが、突然の政権交替に足をすくわれて、その願いも水泡に帰す。一方では、選挙のための散財がたたって破産の憂き目にあい、債務者監獄に収監される始末。家業を整理して借金を返済し、田舎の県に閑職をえた。こうして、大きな社会変動のなかで小さな波乱がつづいた生涯に、ひとまず幕が引かれる。

第2作の『より良い共和国をもとめるジェローム・パチュロ』で、もはや中年の域に達したジェロームは、政治と社会の情勢変化についていくのがやっとの有りさまである[3]。おりからパリでは2月革命が勃発し、つつましい官職の保持すらあやうくなる。妻にせかされ、臨時政府の中枢にすわった旧知の人びとをたよって、おっかなびっくりで上京した。久方ぶりの首都で民衆的政治結社の運動や国立作業場の実態にふれるにつけても、秩序回復の必要を痛感するばかり。そうこうするうちに6月事件の大混乱にまきこまれ、常識人のジェロームはすっかり意気阻喪してしまう。

1830年前後の青年は誰でも、社会のあるべき姿にそくして自分の立身を夢見ることができた。7月王政が堕落していくのと歩調をあわせ、ロマン主義の洗礼をうけた連中も実社会の荒波にもまれて、どこにでもいそうな中年男に身をやつしていく。これだけなら、ごく普通の人生をなぞっただけということになる。しかし、フランスの19世紀前半を生きた人びとは、ナポレオンの栄光と没落を経験するところから始め、最後の最後で1848年の悲惨な事件を目の当たりにする。幼いころ、大人から読み聞かされて背筋を凍らせた覚えがあるものの、自分が大人になったときにはすっかりわすれていた『旧約聖書』の黙示録。その記述のままのおぞましい光景が眼前に展開される。どんな実際家でも、それぞれの社会層にふさわしい倫理か、それがなければ宗教にすがらざるをえない。

パチュロ物の原作者ルイ・レーボーは、社会思想と産業界についての論評で一家をなした実務的なタイプの人間である（本書の第九章を参照）。悲惨な政治社会の展開にもめげず活動する一人のアンチ・ヒーロー伝説が、現代ならばマーケティングの専門家として通用するだろう経済評論家の口をかりて語られる。おかげで、その時代がどのような精神構造にささえられていたか、普通の人びとがどのような欲望をいだき、そして挫折をあじわったかが余すところなく後世につたえられた。したたかな物書きとしての心構えと経験があるから、主人公その人が頼りなくても、あるいは書かれている内容が古めかしくても、物語の展開を存分に楽しむことができるわけだ。拙訳が世に出たのと前後して、フランスでも詳細な解題をつけた復刻版（ただし第1作のみ）が刊行されている[4]。パチュロ物の分析を糸口として19世紀前半のフランス社会を総合的にとらえようとする研究の見通しに大きな狂いがないと実感した次第である。

ジェロームの人となり

ジェロームを主人公とする物語は、1830年代から40年代にかけてのフランス社会事情を活写して同時代の数多くの読者に支持され、1870年代末まで読みつがれた。次から次へとくり出される話題の豊富さと、時代批評の鋭さが身上である。続編を期待する声は巷に高く、同じタイトルのもとに倍の分量の後編が書きつがれ、前編とあわせて合本として出版された。これが本書でいうパチュロ物の第1作である。さらに、1848年の2月革命の勃発をうけて第2作が書かれた。こちらでは時節柄、政治向きの話題が多くとりあげられ、原作者の反革命的であると同時に反社会主義的な心情が露わになっている。そのため地方の名望家層の支持をえただろうが、体制に反逆することを身上とする首都の知識人たち、とくにジャーナリストには必要以上にきらわれた。また、庶民の味方ジェロームという構図がくずれて、世間でも第1作ほどの話題をよぶことはなかった。

作品の標題については、そのまま日本語にすると冗漫な印象をあたえるので、第1作の前編の訳題は『帽子屋パチュロの冒険』とした[5]。それにあわせて第1作の後編は『帽子屋パチュロ政界へ』と名づけた。そして1848年の政治と社会の動向についての貴重な分析をふくむ第2作は、仮に『元議員パチュロと革命』としている。以下ではそれぞれ『冒険』(第1作の前編)、『政界』(第1作の後編)、『革命』(第2作)と略した。これら2作3部構成のパチュロ物の政治史的背景には、先述したように7月革命と2月革命というふたつの革命がひかえている。自由・平等・友愛という大革命の合い言葉とは裏腹に、選挙権の拡大を目指す政治の民主化、教会の社会支配に反対する世俗化、それに製造業や流通業の規制を撤廃しようとする経済の自由化は、充分に達成されたとはいえない。こうした政治と社会、経済の文化の対立相克という課題は、18世紀末におこった大革命が未解決のまま後世にゆだねたものである。新旧の価値観が交錯する時期だからこそ、凡庸であるにもかかわらず好奇心だけは人一倍旺盛なジェロームが、社会の荒波をものともせずに冒険にのりだしたわけだ。

「歴史の世紀」とも「科学の世紀」ともいわれる19世紀という時代の趨勢として、社会の進歩と人知の発展を否定する者はいない。しかし、世間常識や人びとの感性は、かならずしも未来ばかりをむいていたわけではない。7月革命によって生まれた7月王政と、2月革命後の第2共和政という対照的な政治体制にたいする原作者の批判も、多面的かつ多義的である。自分の思うとおりに進んでいかない政治や社会の状況にたいして、主人公、ひいては原作者は繰り言をのべたてているだけとも思える。しかし、原作者の皮肉な語り口の背後に、人間性をみきわめようとする眼差しが感じられる。主人公の目をとおして語られるさまざまな出来事の背後に、人間精神の基盤をみすえようとする気概がみとめられるのだ。同時代批評をとおして、歴史的な諸事件の概要をしるだけにしても、いま私たちの関心を過去にふりむけるだけの価値があるだろう。

パチュロ物の最初となった『冒険』は、初めリベラル右派の政論紙「ル・コンスチチュシオネル」に連載された[6]。連載終了ののち1842年に一書にまとめられたときには、当局の検閲をはばかってか、原作者の名をいつわって公刊された。刊行地もベルギーのブリュッセルになっているが、このころの習いとしてパリでも隠密裡に印刷されたようだ。面白いのは、初版にかかげられた筆者の名が穏健共和派の機関紙「ル・ナシオナル」の編集長アルマン・マラスト（図7B⑧を参照）になっていることである[7]。7月王政から第2共和政へとうつりかわった1848年に、マラストは憲法制定国民議会で多数をしめた「ナシオナル派」の重鎮として臨時政府の舵取り役となり、パリ市長や国会議長の要職を歴任した。その彼について、原作者がどのような感想をいだくにいたったかは、あらためて第七章でふれることになる。

地下出版の形で世に出た『冒険』はことのほか好評で、その倍の分量にもなる『政界』が書かれた。やがて前編と後編が合本としてパリで刊行される。当局のおとがめがないとしれると、合本の第3版からは原作者もようやく実名をあかした。さらに、著名な風刺画家の挿し絵をくわえた豪華装丁の第5版も刊行され、大いに評判となった[8]。この作品にたいする原作者の愛着もひとしおで、最後となった１８７６年の第7版にいたるまで、文章に少しずつ手をいれつづけたほどである。

第2作『革命』のほうは2月革命の勃発直後から書き始められ、6月事件の悲劇をはさんで１８４８年11月まで逐次刊行された。こちらは新聞に連載されたのではなく、最初から読みきりの小冊子として刊行されたようだ[9]。最終的に『革命』の全体は、『冒険』と『政界』の合本より分量が多くなった。パリで実際におこっている事件を同時進行的に報告し、原作者独自の視点で批評するという設定は、前作以上の離れ業といえる。まもなく絵入り版が企画され、49年に第1作の体裁にあわせた豪華本が出版された[10]。ただ、こちらは前作ほどの関心をよばず、増刷もされなかったようだ。冒頭でもふれたように、この時期は新聞小説の原型となったロマン・フイユトンの全盛期にあたる。パチュロ物もその例にもれず、ひとつかふたつの話で完結する読みきり掌編を、読者の反響があればどんどん書きたして、最後は大河小説の趣さえ呈するにいたった。1回分は、当時大流行した新聞閲覧のできるカフェで暇をつぶすのにちょうどよい分量である[11]。こうして、およそ10年のあいだに全部で97章が書きつがれた。

第1作の『冒険』は16章、『政界』は32章からなる。その間に、軽佻浮薄な時代相に翻弄された主人公の栄光と挫折が幾度となくくりかえされる。短い章だてにあわせて筋の展開が速く、まことに歯切れがよい。第2作の『革命』のほうは、最初から全49章という大部で刊行された。こちらは主人公の行動を面白おかしく描いたというよりも、2月革命直後の政治動向にたいする批判の色彩が強い。どちらかというと階級史観の影響が強い公式的な歴史学の立場からすると、反革命の書物に類別されても当然の反動的な意見が『革命』で開陳されている。本国フランスにおいてこそ、共和主義による歴史の進歩を否定する作品として、実力相応の評価がなされてこなかった。とはいえ、これまでパチュロ物の存在がすっかり無視されていたわけではない。文学や歴史の研究者のあいだでは、『冒険』と『政界』は7月王政と社会風俗を批判する作品、『革命』は第2共和政と社会主義を批判する作品として位置づけられている。しかしながら、全体をつうじてのイデオロギー的立場が曖昧になってしまったため、フランスはもとより外国でも、作品としての面白みに比して不相応な扱い方をされてきた。ここでは原作者の政治的な立場を留保して、作品のもつ魅力そのものや記述の奔放さをあじわいたい。端的にいえば、戯作のなかに人間性の真実を読みとろうとする歴史の営みである。

その仲間たち

帽子屋の跡取り息子ジェローム・パチュロは、親代わりの善良な叔父が心配するのをよそに、理想家肌とも妄想癖ともつかない自己実現の意欲にとりつかれる。人生のスタート地点で、彼は愚かにも文筆で身を立てようとした。特異な人格の持ち主であるように書かれているが、多愛もない夢は誰しもみがちなもの。どこにでもいそうな好人物である。その証拠に、パチュロという姓は「どこにでも」とか「いたるところに」という意味の副詞（パルトゥ）の綴り替えなのだ。凡庸でありながら運命に翻弄されて非凡な軌跡をたどる男。その行動記録に、19世紀前半の社会と文化にたいする批判がたくみにおりこまれ、皮肉と諧謔味にみちた作品ができあがった。

ところで、SF冒険小説の元祖と目されるジュール・ヴェルヌの代表作『80日間世界一周』（1873年）には、脇役ながら個性豊かなパスパルトゥ（「合い鍵」という語義がある）という人物が登場する[12)]。不可能事を可能とし、いたるところに姿をあらわすこの男の面影が、どことなくわれらが主人公に似かよってくるのは、たんに名前だけのことではなさそうだ。パチュロはそれでいいとして、ではジェロームという名のほうはどこからきたのか。カトリック教徒は聖人から名をかりる習いだから、その元をたどると聖ヒエロニムスにつながる。ギリシア語聖書をラテン語に翻訳した古代末期の教父で、言語学者の元祖の一人ということになる。たしかに、行動力にとぼしいが口だけは達者なジェローム・パチュロの守護聖人にふさわしい。

自身は素朴な感性の持ち主でありながら、その無垢な魂が存在することによって、俗世にまみれた周囲の人間を思わぬ方向にひきずっていく。そうした設定は、フランス文学の常套手段である。古くは、弁護士パトランを主人公とした中世の笑劇の例がある[13]。近くでは、20世紀前半を代表する劇作家ジャン・ジロドゥーに、職業的な外交官となりながら思うにまかせぬ自身の境遇をなげく『ジェローム・バルディニの冒険』がある[14]。牽強付会とはいえ一応はこのような文学的潮流に棹さすからには、パチュロ物はたんなる通俗小説の域にとどめられる作品ではない。しかしながら、道徳的な教訓をそこから引き出せるような教養小説でもない。先述したように、それは地下出版の形で世に出て、いわば日陰者としての扱いをうけていた。ところが、1840年代をとおして読みつがれるうちに、原作者は世間に真実の顔をさらし、物語のなかの主人公と同じように代議士になりあがる。

ここでパチュロ物の、時代をうつす鏡としての意味を確認しておきたい。その全体をつうじて明らかになるのは、**時代に特徴的な習俗（ムール）の諸相に反映された道徳（モラル）をあきらかにするという叙述の戦略**である。主人公の行動は矛盾だ

図1B①　ジェロームの詩集を髪巻き紙に

らけだが、原作者は特殊な歴史の相に仮託された普遍的な人格を描こうとしている点で一貫しているのだ。ここでいう習俗と道徳はラテン語の語源を同じくし、行動や性格の規範という意味から発している。パチュロ物を思想史的に読みとくなどというと一部の識者には笑われそうだが、本書はけっこう真面目にそうした課題を意識している。

ジェロームにからむ虚構の世界の住人たちを紹介しておこう。いずれも個性派ぞろいで、けっして脇役に甘んずるような手合いではない。ジェロームの恋人で、やがて妻となる花売り娘マルヴィナは、その名からして気の強そうな女性である（**図1B①②**）。悪い酒（ヴァァン・マル）、すなわち「怒り上戸」という言葉が思いうかぶし、「きちんと支払わない」（マル・ヴナン）という意味もすけてみえてくる。フランス語の「マル」という言葉は「悪い」という意味だから、フランス人の耳に心地よくひびくわけもない。彼女とかかわったジェロームの運命は、たしかに思いがけない方向にみち

図1B②　サン＝シモン教の集会にて

びかれがちだった。とはいえ、「彼は夢想家、彼女は現実家」、（図1C、『冒険』§3、以下原作の章をアラビア数字でしめす）という表現があることからしても、たがいに欠をおぎないあう良き夫婦ぶりをみせる。

　後述する『政界』の狂言回しオスカル（第四章を参照）との関係で、彼女の名を『オッシアン』のヒロインとむすびつける解釈がある[15]。18世紀イギリスの「前ロマン派」詩人ジェイムズ・マクファーソンは、『フィンガル』（1762年）と『テモラ』（63年）を編んで、紀元後3世紀に出たスコットランドの英雄オッシアンの手になる詩を翻訳したと主張した[16]。ところが実際には、ほとんどがマクファーソンの創作になるという。ロマン主義とパチュロ物との結びつきが深いことは確かだが、この解釈は一面的にすぎるだろう。マルヴィナという名の出所について、筆者の解釈は次のとおり

図1C　彼は夢想家、彼女は現実家

である。当代一と評判の劇作家で、やがてアカデミー・フランセーズの会員にまでなったのがウジェーヌ・スクリーブ。いまはわすれられた作家だが、当時にあっては飛ぶ鳥落とす勢いだったそのスクリーブの筆先から生み出された作品に『マルヴィナ、あるいは恋愛結婚』(1828年)という2幕の喜劇がある[17]。そこからジェロームの恋人の名がとられたのではないか。独学の人レーボーが演劇から歴史や文学の知識をえたことは、そこかしこの記述から証明できる(とくに第五章を参照)。スクリーブ劇のヒロインは、親のきめた結婚相手になびかず、あくまで自分の意志からする秘密結婚をおしとおそうとする。結婚における女性の主体性を主題にしているところなど、当時としては目新しい趣向だったろう。とはいえ原案は別に存在するという。ドイツの作家フランツ・カール・ヴァン=デル=ヴェルデの作品に、そっくりそのままの筋がみられるという[18]。

1814年のフランス王政復古をきらって、ユダヤ系のフランソワ・アドルフ・レーヴ=ヴェマールは父祖の地ドイツに移住した。7月王政の開始とともに自由を回復したかにみえたパリにたちもどったレーヴ=ヴェマールは、演劇評論のかたわら北欧の民話やロマン主義的作品を精力的に紹介していった。そのなかにヴァン=デル=ヴェルデの小話もふくまれていた。まわりまわってマルヴィナの名がやはり北方に起源することを確認したようなものだが、こうした経緯の作品が19世紀前半のパリを中心とする演劇活動の背景をなしたというのも興味深い。ロマン主義の運動をふくめて現在にいたるまで、文学面での独仏交流はきわめてかぎられたものである。しかし、パチュロ物の事実上の主人公といえるマルヴィナの心情がゲルマン族のそれに由来するとなると、ロマン主義にたいして愛憎なかばする原作者の気分もわかるような気がする。

マルヴィナをつうじてジェロームをいんちき債権募集の事業に引きずりこんだのがフルシップ。この名は「詐欺師」（フルウール）を思わせるが、じつは7月王政期の国王ルイ=フィリップの名をつづりかえたもの。7月革命によって即位したこの「市民王」は、太陽王ルイ14世の弟から発し、富裕をもって鳴るオルレアン公爵家の当主である。彼はブルボン王朝を政権からおいおとし、祖父や革命でギロチンにかけられた父が念願とした王座をついに手にいれた。挿し絵でも、若い頃の「市民王」の特徴をうつしている（図1D）。それやこれやの体制批判で、刊行の時点で本書は原作者の名をあかせなかったのだ。

図1D　詐欺師フルシップ

ジェロームとマルヴィナのコンビにくわわり、文芸紙『ラスピック』（毒蛇の意味）の同人となったが、やがてそれぞれの社会的地位をもとめて旅だっていく友人が3人（**図1E**）。まず、医者の卵のサン＝テルネスト。英語で「真面目」とか「熱心」とかの意味（アーネスト）に聖人の冠をつけた姓である。ご本尊は当時の正規の医者としては例外的に民間医療につうじ、その方面でひと儲けをたくらむ。次にひかえるのが弁護士見習いのヴァルモン。こちらの姓は谷（ヴァル）と山（モン）の組合せで、田舎の小貴族という自身のうち明け話しを裏切らない。これまた弁護士過剰の法曹界に見切りをつけ、あえて公証人という、卯達のあがらない文書管理の仕事に精を出す。最後がマックス、蓬髪の売れない文人である。裏から手をまわして文部省に職をえるが、その職責というのがふざけたことに、文化財たる文部省の建物と機構をまもるというもの。このあたり、日本の大学人には耳の痛いところである。

図1E　『ラスピック』紙同人
左からジェローム、サン＝テルネスト、マックス、ヴァルモン

第二章　風俗と道徳

エルナニ事件

創作上の人物にくわえて有名無名とりまぜた実在の人物を登場させ、ジェロームが出くわすさまざまな事件にからめて、彼らのとりすました態度の背後にあるものをあばくところにパチュロ物の面白みがある。冒頭から文豪ヴィクトル・ユゴーと主人公との因縁あさからぬ関係がほのめかされる。ユゴーの戯曲『エルナニ』初演をめぐって古典派とロマン派とが対決したのは1830年2月のこと[1]（図2A）。この騒動が夏までくすぶりつづけ、ブルジョワと蜂起民衆が相たずさえて復古王政を打倒した同年7月26日から28日にかけての「栄光の3日間」、すなわち7月革命につながる。エルナニ事件は文学史上でもフランス・ロマン主義の幕開けとみられている（『冒険』§1）。まさにその場面から、ジェロームの波乱の人生の幕が切っておとされる[2]。

図2A　エルナニ事件
ジェロームの右にネルヴァルの顔が見える

いまとなっては随分昔のことになってしまいましたが、ご承知のように、時あたかも文芸上の十字軍がおこなわれておりました。一種の熱病が若者にとりついて、古典趣味にたいする反抗心が蔓延したのです。ヴォルテールの偶像がこわされ、ラシーヌまた然り、ボワローもニコラというその名が災いしてさげすまれ、コルネイユは旧弊で、と。結局のところ、昔の作家たちは全部一緒くたにされて、助平野郎という軽がるしい呼び名をあたえられたものです。

ここで古典主義の劇作家の胸像をこわす指図をしているのは、赤いチョッキで伊達男を気取ったテオフィル・ゴーチエ（図2B）。仲間内には「善人テオ」でとおっていた人好きのする人物だが、若い時分にはかなり無鉄砲なふるまいにおよんだもののようだ。エルナニ事件の図でジェロームとならんで古典主義を擁護する守旧派につかみかかっているのは、夢幻的な小説作品で20世紀の文学に大きな影響をおよぼすことになるジェラール・ド・ネルヴァルである。ジェロームの軌跡は、当時「小ロマン派」とよばれた若き使徒たちの栄光と挫折を反映して、大きくゆれることになる。啓蒙主義を表看板

図2B　偶像破壊の指示を出すテオフィル・ゴーチエ

とするフランスの18世紀においては、理性尊重のお題目さえとなえておけば知識人としてとおったものだ。この点にかんしては革命の前後で文化や思想は断絶していない。右の引用部分で、太陽王の治世をひときわ輝かせた悲劇作家ピエール・コルネイユを反権力の思想家ヴォルテールと並列させているところに、社会心理の連続面がよくあらわれている。ジャン・ラシーヌやニコラ・ボワローは本人たちの生きた時代の文脈でもたしかに保守派だが、前者については演劇の革新をはばむ者として、また後者についてはニコラという名がウィーン体制の守り本尊であるロシア皇帝ニコライ2世につうじることから、とばっちりで若者からさげすまれたのだった。

ナポレオンの後をうけた復古王政の時期になると、理性一点張りでは複雑化した政治社会の難問は解決できないことがわかってくる。**理性と社会の進歩を無邪気に信じたことへの反動から、当然のこととして感性と人間の個性を重視する気風が生まれた。**そうした認識面での断絶の先駆けとなったのが、一部の文学エリートがとりつかれた憂鬱症候群である。「世紀病」とまでいわれたメランコリーという気分に、あらたな意味がつけくわえられたりした。憂鬱症が去ったあとにロマン主義の熱病が蔓延する。いつまでも無気力にすごすわけにはいかないのが若い世代の常である。ともすれば旧習墨守におちいりがちの演劇や文学の世界に、ロマン主義者たちは激しい攻撃をしかけた。真っ先かけて古い権威に挑戦したのがユゴーである。彼の初期作品には反教権的かつ反革命的な色彩が濃厚である。ユゴーが好んであつかう時代は中世や近世で、異国に題材を求めることが多かった。たとえば、問題の『エルナニ』は16世紀前半に世界を制覇したハプスブルグ帝国の皇帝カール5世の宮廷をめぐる男女の愛憎を描く。そこでは、かならずしも若い主人公の行動を正当化していないところに注意したい。滅びの道とさとりながら、熱情にかられて最後までつきすすんでいかざるをえない人間の勇ましさと悲しさがうたいあげられている。

人間の生がじつに多面的であるように、その行動も理屈ばかりで説明できるものではない。理性を売り物にする啓蒙思想が頓挫した地点、いわば近代精神の廃墟から生まれたロマン主義は、感性を前面にうち出した。誰にとっても事がうまくはこばないという、もっていき場のない憤懣。それを文学や演劇のかたちで、一般民衆にわかりやすくみせたのである。7月革命や2月革命などの19世紀の政治運動は、大革命の後をおっているだけの、いかにも創造性を欠くものと思われがちである。しかし、18世紀と19世紀のあいだには決定的な溝があることをわすれてはならない。啓蒙思想家や大革命期の法律家あがりの政治家は、政治と経済の課題を前にして理屈をこねていればよかった。それにたいして、19世紀のロマン主義者や民主社会派（デモソック）の政治家は、社会と文化の面をふくみこんだ複雑な事情に直面して、間違いとわかったあとでも自分の出した答に責任をとっていかざるをえなかったのである。

サン＝シモン教

復古王政末期から7月王政初期にかけて大いに物議をかもしたのが、サン＝シモン教徒の奇矯な行動である[3]。彼らの生態は、原作者によっていささか非難めいた口調で紹介される。祖師クロード＝アンリ・サン＝シモンは革命後の社会に共同性を回復させ、とくに産業者（といっても資本家と職人的労働者の交雑なのだが）の連帯と経済のてこ入れによる社会の繁栄をといた。しかしサン＝シモン在世中は同調者が少なく、絶望にかられた彼は自殺をはかったほどだった。祖師が１８２５年に亡くなったあと、南フランスとイタリアに影響力をもった秘密結社カルボナリの指導者アルマン・バザールがサン＝シモン主義者協会（ソシエテ・サンシモニエンヌ）をたちあげ、理工科学校（エコール・ポリテクニーク）出の俊英プロスペル・アンファンタンがこれにくわわって、同派の活動は最初の隆盛期をむかえる[4]。

路線の違いからバザールと袂をわかったアンファンタンは、思想運動としてのサン＝シモン主義の装いを世俗宗教にあらためた。原語では同じサン＝シモニスムだが、これればかりは邦語のほうが実態をつかみやすい。新たな活動の担い手はサン＝シモン教徒となった。アンファンタンは教父（ペール）を自称し、パリの労働階級、とくにお針子たちに代表される下層女性にむけて積極的な宣伝活動を始める。１８３２年３月末に始まるパリのコレラ大流行のときには、医者でさえ大量の死から目をそむけるなかで、機関紙「ラ・グローブ」に予防医学的な見地からする疫病への対処法をとき、サン＝シモン教徒に患者を看護させた[5]。コレラの流行が下火になり、大衆活動の限界をさとったアンファンタンは、一族の所有する屋敷があったパリ東郊のメニルモンタンに40名の同志とともにうつり住む（図2C）。ところが、若い男たちと彼らにつらなる女性たちの共同生活は周囲の顰蹙を買い、当局としてもみのがすわけにはいかなくなる。ついに32年に秩序紊乱のかどで訴追され、同年8月に禁固1年、罰金100フランの判決をうけた。側近の一人ミシェル・シュヴァリエも同じ罰をうけている。

ここで、19世紀前半の思想界に特徴的なロマン主義的特質にふれておこう。過去にばかり目をむけているようでいて、結果として未来の可能性をおしひらく。やむにやまれず行動にかりたてられる実践的思想の、当事者にもみえていなかった意義がそれである。思想的にはサン=シモン主義者たちは、経済発展にとりのこされた手工業者たちの共和国をめざしたとしか思えない。しかし、共同社会の建設をかかげて未来的な経済組織を夢想し、とりわけ金融と交通の合理的再編成をなしとげたことは特筆されるべきである。7月王政期に叢生した鉄道会社には、サン=シモン主義者が多数かかわっていた。第2帝政期にあっては、金融の民主化をめざしたペレール兄弟によってクレディ・モビ

図2C　メニルモンタンのサン=シモン教団
ジェロームの後ろに立つのがアンファンタン

リエが創設される。アンファンタンはオリエント世界に自分の伴侶となる「教母」をもとめてむなしく帰国したあとも、そうした人脈の中枢に位置し、すんなり鉄道会社の役員におさまっている。元外交官フェルディナン・レセップスによるスエズ運河の開削も、この東方への憧れを原動力としていた。シュヴァリエはアンファンタン亡きあと、かつての同志たちを第2帝政につなぎとめる役をはたした[6]。結果だけみると、7月王政の反体制派が第2帝政の体制派になったようだが、この場合、体制か反体制かという線引きは本人たちにさしたる意味をもってうけとめられたとは思えない。

マルヴィナがジェロームとつれだって、パリの中心部ショセ=ダンタンから北におれるテトブー通りの集会所へしばしば足をむけたのは、おそらく1831年夏のことだったろう。メニルモンタンでの共同生活でジェロームが命じられたのは靴磨きだが、炊事洗濯と同じく、これはこれで共同生活をするうえで大事な仕事だった。たとえば、シュヴァリエは床磨きと食事の準備を役目としていた。それというのも、召使いという従属的な立場をなくそうという崇高な目的のためなのだ。しかし、**「人間の人間による搾取」**を廃止しようとする理想の協同社会も、マルヴィナの前では形無しである。自分に色目をつかう一部の教団幹部に嫌気がさし、彼女は教団に背をむけて新しい信仰をあっさりとすててしまった。

マルヴィナが教団で高い評価をうけたのは、たくみな弁舌もさることながら、それを効果的に演出する手法がみとめられたからだった。「男が女に指図するのが当然かしら」といって、彼女はジェロームを演壇にさしまねく。「ほら、あたしの言いなりになる男がここにいるわよ」とほこらしげな彼女に、満場われんばかりの拍手があびせられたのだった（**図1B②**を参照）。こうしたマルヴィナの言動からもうかがえるように、サン＝シモン教のもうひとつの合い言葉**「女性の男性による搾取」**について原作者はけっして批判的な態度をとっていない[7]。サン＝シモン主義の研究では、エリートによってになわれた運動の理性的な側面ばかりに光があてられている。パリではたらく女性たちから支持されたサン＝シモン教の別の側面は長らく研究者から無視されてきた。まして、理想の共同生活を実践した作家のポール・ド・コック（第五章を参照）や新キリスト教をとなえたギュスタヴ・ドルイノー、それに男性原理と女性原理を統合したマパ（その名はママンとパパの合成、**図2D**）らの活動を記録した歴史書は少ない。たんなる伝聞だけでは信用できないほど奇矯な言動をのこした人たちの実在を証明するのが、他ならぬ『冒険』の記述なのである。

図2D　マパ

ジャーナリストへの道

ロマン主義の時代の演劇界を席巻した快優フレデリック・ルメートルの舞台で有名になったのがロベール＝マケールという犯罪者の造形である[8]。その舞台姿とは別に、風刺画家オノレ・ドーミエは詐欺師ロベール・マケールの姿を101通りも描いている[9]。そのなかには、瀝青（自然に産するタール）を有望な投資口として推薦する情景もふくまれる。「鉄道や鉱山ではもう大儲けはできない」と語るフルシップは、ジェロームの名をナポレオンとあらためさせ、モロッコ瀝青会社なるインチキ会社の支配人にまつりあげる（『冒険』§3）。7月王政のもと、フランスは18世紀初頭のミシシッピ会社事件以来、久方ぶりの投資ブームにみまわれた。これによって鉄道網が整備され、労働者の生活条件も改善されて、工業社会の基盤が地道にかためられていったのも事実である。しかしその一方では、法律整備の遅れを尻目に、甘い話で人をあつめ資金だけをかっさらって姿をかくすような連中も多かった。

詐欺の常套手段は、経済史上に名高いジョン・ロウのシステム、すなわち割引銀行（バンク・デスコント）による手形の発行にならった利付き証券の募集を悪用するのである。ロウは百年以上前のバブル期の投資ブームの立て役者であり、紙幣の強制流通の計画とは別に北米植民地の開発をうたって利付き証券を乱発した[10]。原作者レーボーは商業実務につうじ、ジェローム・パチュロ物で評判をとる以前から経済評論で一家をなしていた。それだけに、資本主義市場経済の虚構性をあばく筆致には鋭いものがある(『冒険』§4)。

いっとき姿をけしてフルシップと気脈をつうじていたのではないかとうたがわせたマルヴィナだが、彼女は気丈にも詐欺師の魔手をのがれてきた。一般投資家がこうむった損害にたいして埋めあわせをするためにも、若いカップルは同じアパルトマンに住む医者の卵のサン゠テルネストのすすめるままに新しい事業をくわだてる(『冒険』§5)。彼ら3人は演劇批評を柱とする文芸紙「ラスピック」(毒蛇の意味)を刊行したのだが、その目的は特定のバレリーナを贔屓する記事をばらまくこと。志はひくくとも、ジェローームは念願のジャーナリストの端くれとなったわけである。辛口の批評を売り物にするという意気ごみはともかく、愛人の踊り子に入れあげた銀行家の手持ち資金を頼みとする経営がたちゆくはずもない。そこで、景品をつけて売り上げをのばそうとするが、かえって大混乱をまねいてしまう(『革命』§6)。ひところ日本の全国紙が展開した販売拡張競争を思わせて苦笑させられるが、メディアの歴史にはしばしば同様の狂想曲が演じられている。

この踊り子の名を『冒険』はフィフィーヌとしている。美貌をうたわれたオペラ座のバレリーナ、オーストリア出身のファニー・エルスラー嬢を思わせる愛称である。バレエ界で初めてポワントで踊ったイタリア出身のタリョーニ嬢の競争相手として頭角をあらわしたのだが、ここではオペラ座監督ヴェロン博士に迫害されたという形になっている。ヴェロンは他人の発明した膏薬でひと財産こしらえ、7月革命に乗じて畑違いのポストを手にいれた。金銭欲の人一倍強い監督が、振付師の父親の意のままにタリョーニ嬢の契約料が高騰していくのをおそれて、力量では劣るが美貌でまさるエルスラー嬢に必要以上に肩入れしたというのが、演劇界での通り相場である[11]。

小説家に転身したジェロームは、新聞小説で成功することが出世の近道と、その方面でのつてをもとめて、ある新聞の編集長にあたってみた。とくに興味をひかれるのは、編集長があかす小説作法の秘密である。現代イギリスの文化史家N・グリーンは、ロマン・フイユトンの典型例として、物語のなかの架空の物語という入れ子の構造になった部分を紹介している[12]（『革命』§7）。

『夜のしじまのなかで、隣室から重苦しいうめき声と鎖の擦れあう音が聞こえてきた……。エテルジッドはびくっと体を震わせて寝台に駆けこんだ…。突然、向かいにある間仕切り壁から、むき出しの腕が……。その青白い手は、血塗れで恐怖に歪んだ顔つきの生首をつかんでいるではないか。』

「200万読者のうちのたった一人にでも、2回の連載のあいだにぶらさげられた生首の正体をしりたくないと思わせるようでは駄目」と、くだんの編集長は新聞連載の興味のつなぎ方を伝授する[13]。小説の書き方は他人の知恵をかりたが、音楽や演劇の批評文はジェロームが独学で勉強した。いずれの場合にしても、ここで推奨される物書きとしての態度は**半可通に徹するべし**ということ。どの分野でも**専門家と称**

されるほどになれば、自作のいたらなさを思って他人の作品の批評などできなくなる理屈である（§8）。

やがて文筆家としての経験をかわれ、ジェロームは首尾良く御用新聞「ル・フランボー」（松明の意味）の発行人におさまった。彼の口をかりて、原作者は当時の極端な制限選挙の実態、大臣と代議士と選挙人の持ちつ持たれつの関係などを物語る。保守支配の構造は、どの時代、どこの国でも同じこと。しかし、7月王政期フランス社会の頂点に立っていたのは、大臣ではなくて流行作家だった。ゴシック・ロマン調の小説で世に出てから新聞各紙の文芸批評で名を成したのがジュール・ジャナンであり、新聞小説の指南役たる編集長のモデルに擬せられる[14]。そのジャナンが太陽王ルイ14世さながらに編集者やファンをそば近くはべらして、近親者にたいするお目覚めの儀式、いわゆる「小起床」（プチ・ルヴェ）をとりおこなっている（『革命』§9）。

金銭的に余裕のできたジェロームとマルヴィナは、文芸サロンを主宰することになった（**図2E**）。

図2E　マルヴィナが主宰するサロン
バルザック、デュマ父、リスト、ジャナン、ユゴーが顔をそろえる

その常連というのが、有名どころではバルザック、デュマ父にユゴー、当時はその名に隠れもない作家のフレデリク・スーリエ、批評家のアルフォンス・カール、そして先述のジャナン、余興でピアノを弾くのが超絶技巧の名手（ヴィルチュオーゾ）フランツ・リストというのだからおそれいる。みずからが主宰するサロンに時代の寵児たる作家や批評家たちをあつめ、彼らをファースト・ネームでよぶマルヴィナは、まさに文壇の女王とよばれるにふさわしい。社会的な成功の頂点に近づくのはもう少し先のことだが、個人としての生き方にてらせば、ジェロームとマルヴィナにとって、このあたりが人生の絶頂期だったといえるだろう。

この図でリストの左に女性が二人、譜面をのぞきこんでいる。顔立ちからして右側はジョルジュ・サンドで間違いない（**図8B**①を参照）[15]。とすると左側はダニエル・ステルンということになる。第七章で『１８４８年革命史』の著者として紹介する女流作家に他ならない[16]。サンドとフレデリク・ショパンのマジョルカ島への愛の逃避行（１８３４年）はあまりにも有名だが、ステルンことマリー・ダグーとリストの関係も世間にはばかりのないものだった。ふた組のカップルがヨーロッパ各地を旅行しているとき、よくとりちがえられたともいう。マリーはリストとのあいだに娘を3人もうけたのだが、次女コジマはリヒャルト・ワグナーの妻になり（たがいに再婚）、夫がバイロイトに音楽の聖地をつくる手助けをした。この図の光景は19世紀の音楽史を集約してもいる。

サンドとステルンそれぞれの個人名は、彼女たちが正式の夫（デュドバン男爵、アグー伯爵）とのあいだにもうけた後継ぎ息子の名からとられている。男名前で文学活動をした女性たちは、いまふうにいえば翔んでるセレブということになろうが、彼女たちの内面の空虚はいかばかりだったろう。すぐ怒りを爆発させる気紛れな芸術家を愛人とする生活に救いがなかったことも、また真実なのだ。以上のような分析をふまえて、ここでのマルヴィナのモデルをローネー子爵の名で活発な批評活動をおこなったデルフィーヌ・ゲイ、すなわちジラルダン夫人とすることに筆者も異論はない[17]。となると、その夫たるジェローム・パチュロは、当時の言葉で「新聞界のナポレオン」、現代ならメディアの帝王とうたわれるだろうエミール・ド・ジラルダン（図9Cを参照）ということになる[18]。そのジラルダンは安価な大衆新聞「ラ・プレス」（1836年）で大成功をおさめたのだが、それと前後して詐欺まがいの企画を次つぎとうちだし、ドーミエによる戯画としてのロベール＝マケールのモデルに擬せられたものだ。作者の思惑をこえて、物語世界は社会全体のあり方を象徴する意味の体系、この場合はやらずぶったくりの詐欺的行為をなぞっていくことになる。

第三章　虚実の皮膜

御用新聞「ル・フランボー」の仕事をかかえて急に忙しくなったジェロームは、「ラスピック」紙の同人を糾合しようと、友人たちの消息をパリの各所にたずね歩く。ところが、昔の仲間はいずれも、当初の志と違う道を歩みはじめていた。医者のサン＝テルネストは正統医学の道をあきらめて、いかがわしい民間療法の看板をかかげている（『冒険』§10）。機をみるに敏な彼はそれなりの言いわけを用意しているが、やはり道をはずれた者に特有の、すねた言葉使いが気になる（『冒険』§11）。サン＝テルネストの自己正当化とは別の次元で、19世紀前半の民間療法は現代医学に影響をおよぼしているが、それについてはこの項の後のほうでふれることにしよう。

弁護士見習いヴァルモンとの対話では、法曹界の内幕が暴露される（『冒険』§12）。弁護士稼業に見切りをつけ、公証人として再出発したヴァルモンは、職業上しりえた情報をもとに金満家の娘と縁組みしようと画策している。そもそも公証人という職業は、革命以前には司法官としての職責をになうこともあり、また金融証券を発行して手広く投資をおこなうこともあったという[1]。蓬髪の文人マックスとの対話では、文部省の奥津城《おくつき》に無用の用とひらきなおって飲み食いに日をあかす、きわめて特殊な領域の学者たちが登場する。古文書学者のエドゥアール・トリスト・ア・パット（姓は無芸の意味、以下同じく）、比較カルマク語[2]教授のギュスタヴ・ミコフ（虚弱）、羊皮紙解読の専門家アナトール・ゴブトゥ（鵜呑み）という名は皮肉がきついが、ひょっとすると名のほうで当時の人には誰が誰か見当がついたかもしれず、楽屋落ちの感もある（『冒険』§13）。

さて、御用新聞の発行人などという社会的立場は、権謀術数の渦巻く政治の世界にあっては、きわめて不安定なもの。大臣の思惑によってジェロームもあっさり切りすてられてしまう（『冒険』§14）。前途を悲観した彼は、未完の哲学者を気取って、ピエール・ビレによる「死と再生の哲学」にすがる。この架空の哲学者の名は、霊魂を死滅させた革命後の市民社会に「霊的生」の段階を復活させようとしたメーヌ・ド・ビランにちなんだものと思われる[3]。ビレの教説によって、どこにでものぞむ時代に転生することができると誤解したジェロームは、ついに自殺をこころみる（図3A①、

図3A①　妄想に悩まされるジェローム

『冒険』§15）。その方法とは、新進の劇作家ヴィクトル・エスクスが自作の不評に悲観して友人と心中したのと同じ、石炭焜炉による一酸化炭素中毒である。ところが、マルヴィナの機転によってあやうく一命をとりとめ、元の黙阿弥で帽子屋稼業に落ちつくという小団円（**図3A②**、『冒険』§16）。オデュッセウスの故国帰還というよりは、『旧約聖書』中の「放蕩息子の帰宅」といった趣である。

袋物の中味は持ち主の人柄、文字どおり腹蔵をさらけだすといわれる。バッグをいつも整頓している人は態度物腰もきっちりとしている、中味をひっくり返しても探し物がみつからないような人はだらしない、としたもの。してみると、被り物たる帽子は被り主の頭の中味を反映するとしてよいだろう。頭の格好が特殊な能力の証しとなるというのが、後述する骨相学のおしえるところでもある。木綿のとんがり帽子は、柔軟な物腰のわりに、

図3A②　石炭焜炉による自殺未遂

あくまで個性を主張しようとする意思をあらわす。それにとりつかれまいとして、ジェロームは生き馬の目を抜くパリをさまよい歩く。結局は、とんがり帽子も悪くないというので、帽子屋の商売を踏み台にあらためて出世の階梯をのぼることになるのだが、それは次にひかえる第1作後編『政界』のなかの出来事である。

ギリシア神話の『オデュッセイア』をふまえ、ヴォルテールの『カンディード』をなぞったのがパチュロの『冒険』であるという[4]。その後をうけたのだから、**『政界』はローマ建国神話の『アエネイス』を念頭において書かれ、ヴェルヌのSF作品の内容を先取りしたと**いえる。前者のグループは世界の流浪、後者は新天地での再出発という主題をあつかっている点で、パチュロ物には古代の神話世界とたしかに共通する面もある。ただし同じような事件がくりかえされると、読者は二番煎じの感じをいだかざるをえない。当の主人公もついつい行動を抑制しがちになる。そうした意味からしても、世俗的な栄誉をもとめて書かれたわけではない『冒険』の独創性がいっそうきわだつのだ。

ジェロームが医師サン＝テルネストのもぐりの診療所をたずねたときにかわされた会話では、官許の医学と無資格医療の境界線が曖昧であること、むしろ偽医者が患者の立場にそった医療行為に精通していることが明かされる。サン＝テルネストは公認の医学をすてて詐欺まがいの医療にはげんでいる理由を、次のようにのべている[5]。

いたるところに、ちょっとした詐欺行為はあるもんだよ。社会の上層でも下層でも同じこと。ぼくらは喜劇を演じているようなもので、めいめいに役柄がある。馬鹿の役は御免だね。ぼくにとって望ましくないだけでなく、それにふさわしい奴が他にいるからさ。

彼の言い分をそのまままとめると、正統な医学は馬鹿どものやること、心ある医者は最新の非合法医療にいそしんでいるとなる（『冒険』§10と§11）。同種療法（オメオパチー）、磁気術（メスメリスム）、骨相学（フレノロジー）、冷水療法（イドロパチー）などの擬似医学にかかわる者たちは、機械としての身体ではなく、身体の生理と機能とを調和させようとする志向性をもつ。いわゆる「気で病む病」の原因追求が一番わかりやすい目的であり、実際に

図3B　微量で高価な薬を売る煽動家
（フェリシテ・ド・ラムネ）

精神分析や自然療法の源流としての位置づけも可能である。そうした意味において、20世紀の医療を先取りしている面さえある。権威によりかかった大学医学部のほうこそ、先にサン＝シモン教徒が積極的にかかわった事件として紹介した１８３２年のパリにおけるコレラ大流行のおりには無力をさらけだしたものだ。とはいえ、同種療法のほうも細菌性の流行病には成果をあげられなかった。また病原物質とみなした患者の吐瀉物などを希釈すればするほど良いとして、あやしげな薬を高値で売りつける商法が批判をまねいたりもしたのだが（図3B）。

偽医者擁護論

以下、サン＝テルネストの口舌によって展開される偽医者といんちき医療の擁護論について論じてみよう。不幸なことに、ごく最近まで医学と医療は別物と見なされてきた。歴史をふりかえると、旧体制下では内科と外科が峻別され、しかも一方が他方を蔑視するという面倒事までついてまわる。いやしくも内科医（英語のフィジシャン、物理学者のフィジシストよりも歴史が古い）は学者の範疇に属するが、外科医は（英語のサージャンという言葉がしめすように）瀉血を生業とする床屋と同じ職種とみなされてきた。医術の発展と公衆衛生の思想もやはり別べつに展開してきた。身体が宗教の決まりから解放されて初めて、厳密な科学としての医学が身体を客観化できるようになった。公衆衛生はそれより早く、独自の道を歩みはじめていた。伝染病の恐怖が作用して、古代以来の天然痘、中世のペスト、大航海時代以降の梅毒やチフスなどにたいする隔離（アイソレーション）と検疫（カランティン）の仕組みがあみ出され、これが公衆衛生の起源となる[6]。隔離を意味する原語は、汚染をうたがわれた船舶が40日間入港をこばまれたことに由来する。

大学医学部と医学アカデミーは、旧体制をささえたギルド組織そのものである。その咎めをうけてフランス革命下に解体させられ、新規に医者が養成されないまま、空白の2年余りがすぎた。やがて革命戦争がナポレオンのもとで世界的規模に拡大し、医学と医療の発展がうながされる。現実の必要にせまられて、外科的治療や解剖の知識を集積させ身体内部の病変を確認するというような性格の科学、すなわち病理解剖学が飛躍的に発展した。これによって医学史上に「パリ病院医学」の時代といわれる、フランス医学の最盛期が現出する[7]。そのころ「医学界のナポレオン」と異名をとったのがヴィクトル・ブルセである。ブルセは終生の競争相手となったギヨーム・デュピュイトランに一歩でも先んじるために、たんなる知識の寄せ集めに満足することなく、病気の身体を総合的にみつめる「生理学的病理学」の理論をうちたてた。一方のデュピュイトランも、当代一の名医としてパチュロ物にその名があげられている（『冒険』§5）。外科医としての卓越した技量をそなえたデュピュイトランは病理解剖学の知識を深め、ルイ18世とシャルル10世の侍医となって位人臣をきわめたが、ブルセが敵視するほどには彼は尊大でも強欲でもなかった。１８３５年に亡くなったとき、莫大な遺産がパリ大学医学部に寄贈され、それを基金として解剖学博物館が建設されている[8]。

ブルセのその後の経歴はどうだったのだろう。彼は王党派寄りの医学界主流に反発し、医学生と知識人をまきこんで共和派の旗振り役を演じた。「生理学的病理学」による独特の病因論というのは、腹部の炎症を万病の原因とみなすものだった。そのような理論を現実の医療現場に適用するのは、当時の医学の水準にてらしても粗雑なように思われる。コレラ対策としては、嘔吐と下痢で衰弱した患者の腹に蛭をあてがって瀉血したという。輸液療法といって、ともかく発病して3日の間は徹底的に水分補給をするというのが現在の常識だから（日本の幕末開港期に三日コロリの語があった）、ずいぶんと乱暴な治療法である。ブルセは7月王政初期の実力派首相カジミール・ペリエを治療したものの、大事な患者を死なせてしまい、急速に権威をうしなった。「ブルセのように、貧困のうちに生涯を終わりたくないね」と、サン＝テルネストも語っている[9]。本物のナポレオンにならって、ブルセもまた栄光の極点から悲惨な最後へと人生の坂道をころげおちたのだった。

フランス革命とほぼ同じ時期にイギリスで開発された種痘と、ここでいうコレラの蛭治療は、いずれも**身体をひとつのシステムとみなしたうえでおこなわれる治療法**の典型的な例である。医術の進歩と公衆衛生の未発達という、科学と社会のひずみのなかでおこなわれた医業の典型といえる。だが、一方は現代までうけつがれ、他方は早ばやとすたれて軽蔑の対象にしかならない。とはいえ、隔離や検疫を強権発動と非難する過激な自由主義者としてのブルセが、**身体の奥深いところにひそむ病原を根こそぎに**

しようとするラディカルな身体観を奉じていたことをわすれてはならない。その業績にはいまでもある種の敬意がはらわれ、ブルセの名を冠した病院がパリに現存する。

最新の非合法医療

スイス薬湯売りとは、近衛兵を思わせる派手な軍服に身をかため、街角に立ってあれこれと効能をならべたてて、煎じ薬を売る手合いである。日本の蝦蟇の油売りを思えばよい。公衆衛生の必要が現実の医学発展に思うにまかせぬ事情があった時代であってみれば、この種の治療のほうがかえって有効だったともいえよう。なにしろ、コレラにおかされた空気を清めるため、松明を燃やし、硫黄を焼いた時代である。いまだに祈祷によって迷える魂をすくうことができると思われていたのだ。

そこで、1840年代の非合法医療を瞥見して、病におののく身の寄せ先をさぐってみよう。まずは同種療法である[10]。その創始者サミュエル・ハーネマンはドイツ出身で、コレラ流行の爪痕がのこるパリに1835年にやってきた。ハーネマンがかかげる標語は**「似た物は似た物で治す」**（シミリア・シミリブス・クラントゥール）というもの。端的にいえば「毒をもって毒を制す」式の治療法である。たしかに、同種療法的な処置は種痘で効果がしめされ、後世の血清やワクチンの開発につながっていく。細菌性の伝染病はこれによってほとんど撲滅されたといってよい。ところが、いまにいたるまで真の免疫学的な説明はなされていない。したがって、個別の病気はともかく、医療全般でのワクチン療法の優位性を立証することは困難である。そのせいもあって接種事故が後をたたず、人体実験との批判を払拭することができないでいる。

磁気術は中世以来の「活物精気」説にもとづくものである。ここで**「活物精気」**という訳語をあたえたのはレ・ゼスプリ・アニモーという言葉で、これまで「動物磁気」と訳されることが多かった。すべからく病気というものは、生命現象の根源にあると想定された磁気の不調によるのだから、それを回復させれば健康になるとおしえる。アニマルといっても植物にたいする動物とは違う意味なので、ここではあえて活物とした。20世紀前半に流布した（カール・グスタフ・）ユング派の精神分析用語であるアニムス（女性の男性性）とアニマ（男性の女性性）の起源とみなすこともできる。

ウィーンから大革命直前のパリにやってきたフランツ・メスマーは活物精気説を根拠として磁気術を宣伝し、社交界に勢力をはった。その説に賛同して自領の民衆に磁気治療をほどこす貴族もあらわれた。現代では各種の磁気治療具が製品化されており、磁気が直接に身体の好不調とかかわっていることはみとめられている。ところが、メスマーの治療法自体は18世紀後半にあっても容認されにくいものだった。彼は大きな桶を自室にもちこみ、一方の手をそこから突き出た鉄の棒にふれ、片方の手を患者の手とむすんで、本源的な気を注入するという。天文学者として名をなしていたジャン＝シルヴァン・バイイを長とする科学アカデミーの委員会は、最終的にこれをいんちきと断定した。ところが、政治改革を意気ごむ急進的な立場の知識人、たとえばブリソ・ド・ワルヴィルやジャン＝ポール・マラーらは、こぞって磁気術を擁護する立場にたった[11]。

19世紀半ばのパリではメスマーの樽はすでにかえりみられず、磁気術は一種の奇術としてサロンの余興になっていたようだ。『冒険』の図は脊髄で本をよむパフォーマンスの場面をうつしている（図3C①）。治療面での効果には疑問符がつけられるものの、心身のみえない回路に光をあてた磁気術の系譜は、19世紀後半のフランス精神医学にひきつがれる。東仏の地名にちなんだナンシー学派は、患者の夢に心の病の根源をさぐろうとした。この夢判断の方法からシグムント・フロイトが独自の精神分析理論を発展させた。そうした流れをたどっていくと、磁気術の磁場そのものは、表面的には姿をかえながら、20世紀初頭まで強力に作用したともいえよう。

図3C①　いまふうの磁気術
背中で本を読む透視術

磁気術よりも正統な学問の体系のなかにとりこまれたのが骨相学（フレノロジー）である[12]。これまた、ドイツからパリにやって来た医師フランツ・ガルがとなえた説にもとづく（図3C②）。**特徴的な頭蓋突起が個人の能力の在処をしめす**というのが彼の主張である。骨相学の実践目標は人間の逸脱行為を事前に了解しようとするものだった。ただ、開祖のガルがナポレオンの頭骨を凶相と診断して遠ざけられるという不運もあずかって、19世紀前半に世界の医療の最前線にあったフランスの医学界では異端視されたものだ。やがて、一部の精神医学者のなかにガルの理論を利用した者が出る。たとえば、ポール・ブロカは脳の機能の局所論（ローカリスム）的説明をすすめて、心身問題に一歩ふみこんだ発言をした[13]。19世紀後半に、この脳の局所説の流れは二分された。一方は形態人類学となり、他方は犯罪学説につながる。前者の方法論はあくまで統計的処理の範囲にとどまったが、後者は社会科学としてはあまり

図3C②　骨相学のガル博士

に危険な領域に足をふみいれることになった。具体例が、パリ警視庁の局長アルフォンス・ベルチヨンの開発した人体測定法（ベルチヨナージュ）とイタリアの犯罪学者チェザレ・ロンブローゾの生来的犯罪者説である[14]。優生学や偏狭な自民族中心主義、ひいてはロボトミー手術を正当化する論理として、この流れを否認することは簡単だが、歴史記述のなかで無視しようとしても、現実の社会の要請としてつねに頭をもたげてくる。市民社会にとって不都合なものを排除しようとするとき、かならずといっていいほど同様の論理がもちだされる。

冷水療法もまたドイツ起源である（図3C③）。『冒険』ではヴィクトル・プリースニッツの名があげられている。20世紀に入ってからも、この方面でのドイツ人の貢献はいちじるしい。その理由としては、いわゆる健康維持のためのもろもろの療法が、疾病への対策とならんで社会保険の補助の対象とされたからである[15]。とはいえ、19世紀における健康療法の意味づけについては、むしろフランス人の貢献が

図3C③　冷水療法をあれこれ

特筆されるべきである。たとえば、海水浴の効能や身体衛生の観念における啓蒙思想の直接的影響があげられる。フランス革命にわずかに先だって、18世紀において身体観に革命をもたらしたのは、ブルボン王家の分家筆頭であるオルレアン公爵家につながる人びとだった。革命期にその名も「平等」(エガリテ)とあらためた公爵家の5代目当主は、のちの「市民王」ルイ=フィリップをふくめた子女の教育に、ジャンリス夫人やパリ大学医学部長のジャン・シャルル・デゼサールをあたらせた。とくにデゼサールのほうは、身体への配慮をもりこんだ教育論で名をのこす。ジャン=ジャック・ルソーの『エミール』の記述にも、デゼサールの影響をみとめることができる[16]。それは、ぬるま湯につかってすっかりふやけた貴族社会を批判するものだった。デゼサールもルソーも、**競争社会で生きのこるためにこそ子供は冷水できたえられねばならない**という、ブルジョワ的な自由競争の精神をぶちあげている。その結果かどうかはわからないが、ルイ=フィリップは明晰な知性の持ち主ではあったが、たえず落ちつきなく周囲に目を走らせ、帝王らしからぬ小心さをかくせなかったという[17]。

頭脳明晰でかつ気配りのできる医者という点では、大学の博士や大病院の医長にも負けないのがサン=テルネストである。彼自身は結石破砕術(リトトリティー)を得意とするという[18]。いまでこそ超音波でもって結石を粉砕する方法が一般化しているが、19世紀の初めころは我慢して痛みをこらえるしかない厄介な病気だった。生活環境の変化によるのかそれとも食生活が原因なのか、近代の西欧人は結石ができやすい体質になったようで、各地の医事博物館には重さ数キロにおよぶ大きな結石が陳列してある。

これは痛みがないから腹中にかかえこんだのであって、問題は尿管結石など激烈な痛みをともなう症状にどう対処するかであった。パチュロの物語に結石が登場するには、それなりの背景がある。「パリ病院」医学のめだった成果のひとつとして、結石の無痛手術法が考案されているのだ。尿管に器具をさしこむ方法だから実際には痛みをおぼえないわけがないのだが、切開するよりはましだったに違いない。挿入器具を考案したのはジャン・シヴィアルというオーヴェルニュ地方出身の医師である。デュピュイトランのもとで見習をつとめ、その後はパリのオテル＝ディウで結石患者の死体を解剖して研究にはげんだという。ただ正規の医学教育をうけていなかったようで、論文発表のさいにしばしば他人の業績に依拠することがあり、1823年に世界初の生体実験に成功したあとも、しばらくは毀誉褒貶にさらされた。しかし最終的には医学アカデミーによりシヴィアルの業績がみとめられ、同会員にもえらばれて幸福な余生をおくったという。

結石破砕法についてサン＝テルネストがどのような具体的プランをもっていたかはしる由もないが、シヴィアルの成果を横取りしようという輩の一人だったには違いない。とはいえ、患者の痛みをやわらげようとする良き意志だけでもくんでやりたいものだ。どんな病気にも瀉血をほどこすのが常識であった時代のことだから、血液を薄めるとか何とかいった、人体を流体に見立てての「擬似科学」だったのだろう。シヴィアルも最初は結石をとかすことができないか、真剣にかんがえたようだ。現在の血液型人間学というのと同じく他愛ないものだが、白か黒かという2項対立の図式ではなく、2次元的に説明軸をもうけて

4項の相互関係で説明しようとするだけでも、当時の医学界の常識より先をいっている。

むしろ、時代の風潮としてみのがしてならないのは、清潔な身だしなみへの原作者のこだわりである。人間関係の作法にかんしては、過度の勿体づけがきらわれる。劇場や家庭、監獄や社交界、はては国会の議場で、他者のふるまいにたいする無関心がはびこっている7月王政期の世人は、非常に好奇心旺盛であるにもかかわらず、批判精神が皆無だったとでもいうかのようだ。『冒険』でのマルヴィナの活発さ、『政界』でのフリビュストフスコイ夫人の怪異さがきわだつのも、周囲があまりにも無気力、無関心であるためだ。そうした観点からすれば、みずからのいんちき性を自覚しているからこそ、いんちき医療にたずさわる者のほうが、よほど自己の生を生きている。そんなところが執筆意図のように思われる。

第四章　出世の道

まずは国民衛兵の士官から

『政界』も筋立てとしては『冒険』のなぞりになっている。ジェロームはマルヴィナのおかげで家業の帽子屋を繁盛させ、押しも押されもせぬ小売り業界の大立て者となった。臆病なことは変わりないものの、前作におけるよりさらに名誉欲を露わにして、7月王政下の政財界をかけめぐる。とはいえ、われらが主人公も熟年に達し、もはや文筆で身を立てようなどと思うほど世間離れしていない。裕福な商店主として、国民衛兵の士官の制服を身につけるところから物語が再開される（図4A）。『冒険』で女性の魅力を存分に発揮したマルヴィナは、『政界』の冒頭にかかげられた帽

図4A　国民衛兵士官ジェローム

子屋の店先の描写以外では、残念ながら後景にしりぞきがちである。彼女の役どころをつとめるのが新顔の男女二人。

国民衛兵の同じ連隊に属する下士官で、王室御用の画家を本業とするのがオスカル（**図4B**）である。全国いたるところにある政府の出先機関にかざる国王の肖像画を描いているというのが触れこみ。オスカルは持ち前のボヘミアン気質とたぐいまれな行動力によって、尻ごみするジェロームを社会の上層へとひっぱりあげていく（§2）。『政界』の終わりに近く、いわくありげな投機筋を紹介して、ジェロームを窮地におとしいれたのも彼である。その名もまた、スクリーブ作の喜劇『オスカル、あるいは妻を欺く夫』（1842年）の主人公からとられているのだろう[1]。人物も風景も緑色にぬりたくるというところは、森林や海景を好んで描いた写実主義の画家ギュスタヴ・クールべの面影をなぞっている[2]。『政界』と『革命』ではオスカルの印象がずいぶん異なるのだが、とどこおりがちの物語の流れをかきまわすトリック・スターとでもいうべき役割は同じである。

図4B　画家オスカル
上京したばかりのクールべに生き写し

『政界』でマルヴィナが活躍するのは、最初の章と終わりに近い15章だけ。すっかり妻の座に落ちついて神秘性をうしなった彼女にかわり、女性の美しさと怪しさを演じるのがフリビュストフスコイ夫人（図4C）。彼女が名乗る宮中伯（もしくは副王）夫人（プランセス・パラチーヌ）という称号は中世ドイツの封建社会をしのばせる[3)]。この古めかしい尊称が物語るように、ロシア皇帝（ツァーリ）を出すロマノフ王家より古い血筋をほこり、ウクライナに広大な領地を所有していると彼女は自称する。ツァーリからはつねづね猜疑の目でみられているとも。ところが、言動の端ばしに思惑をちらつかせ、色仕掛けでたらしこんだジェロームから金銭と政界の情報をひき出そうとする。「運命の女」（ファム・ファタル）の名を外国起源とするところに、原作者の政治的意図がかくれている（第六章を参照）。フリビュストフスコイ夫人が胡散臭いのも当然で、その名は「盗む」「かっぱらう」といった

図4C　フリビュストフスコイ夫人

動詞（フリビュステ）にちなんだもの。古くは「（カリブ海地域で）海賊をはたらく」という意味であり、さらにその元はオランダ沿岸のフリー海峡に由来する大型の平底船（フライ・ボート）である。イギリスの小型私掠船がスペインの大型帆船を岩礁地帯にさそいこみ、動きをとれなくしておいて積み荷をあらいざらいうばいとる。東欧ふうの名乗りの背後から新世界カリブ海域の血なまぐさい風がふきつける。その貴夫人に影のように寄り添うのがタパノヴィッチ元帥。その名からして、たたけば（タペ）埃が出てきそうな奴輩である（**図4D**）。夫人がいうにはツァーリのスパイとのことだが、まるでジェロームの恋路を邪魔するかのように彼女のそばからはなれない（『政界』§3）。

架空の人物に伍して実在の人物も、虚構の世界のなかでじつに生き生きと描かれている。『冒険』で詐欺師フルシップに面影をぬすまれたルイ＝フィリップは、『政界』の冒頭で宮廷舞踏会の主催者として、今度こそ表舞台に堂どうと姿をあらわす。ブルジョワ層から徴募された国民衛兵の支持をつなぎとめる目的もあっ

図4D　タパノヴィッチ元帥

て、新王は盛大な舞踏会をもよおした。その場ではオルレアン家の王女たちが親しく国民衛兵の士官、といっても制服姿のりりしい青年将校ではなくて、ジェロームのような中年の商店主や製造業者たちなのだが、そんな小父さんたちの手をとって一緒に踊ったのだった[4]。ブルジョワジーの政治支配を内外に明らかにする光景ではあった。ジェロームの産みの親である原作者も、『冒険』と『政界』の出版と前後して道徳政治科学アカデミー（第九章を参照）会員にえらばれている。ここいらで体制に媚びを売っておく必要があったのだろう、いきおい風俗批評の刃もにぶらざるをえない。とはいえ、当時あらたな権威となりつつあった統計学や高等科学にたいしては辛辣な意見をはいている。

たとえば統計学について。統計学会長がジェロームに近づいてきて、名誉会員に推薦するとか何とかいいながら寄付金をせびりとろうとする。森羅万象すべてを数字で表現できるというむずかしい学問に自分がふさわしいかどうか、とジェロームは例によって例のごとくの生返事。ここでもうひと押しとばかり、学会長はこういった。「**スペインの今年の穀物の出来はいかばかりか**と問われたとしましょう。簡単なことです。**3千5百30万束半とこたえればよろしい。この半というのが肝心なのです**。どうせ、かの地まで出かけて数える者などいやしない。数えた馬鹿がいたとして、結果が出るのはずっと先のことですよ」（『政界』§18）当時の統計学会の重鎮といえば、アレクサンドル・モロー＝ド＝ジョネスの名が思いうかぶ。革命とナポレオン期の戦争に従軍し、イギリス軍の捕虜になって将官にまではいたらなかったものの、黎明期の社会科学を開拓して科学アカデミーと道徳政治科学アカデミー、両方の会員となった碩学である。７月王政下に商相として初入閣したアドルフ・チエールの指示をうけ、現代までひきつがれる『フランス全国統計』に着手する。統計学における彼の業績のなかには、たしかに『スペインに関する統計』がふくまれている[5]。

閣僚その他のお歴れきは『冒険』とくらべると伏せ字で登場することが多くなるので、小説のなかの誰が現実の誰にあたるか、詮索する楽しみが半減してしまう。本書の出版から数年して、原作者自身が故郷から国政選挙に出馬する。ジェロームと同様に、後ろだてとなる勢力をはばかって、原作者もすぐそれとわかるような当てこすりをさけたためだろう。それだけに挿し絵の価値が高まるともいえる。たんに本文の理解をたすけるというだけでなく、原作者の抑制的な筆致を自縛の鎖からときはなっているのだ。フリビュストフスコイ夫人の主催する音楽会では「幻想交響曲」でしられるエクトル・ベルリオーズが盛大に砲声をとどろかせている（図4E、『政界』§3）。1830年に

図4E　エクトル・ベルリオーズ
『ミュゼ・ダンタン』のベルリオーズ（右上）

音楽家は実際に「ラ・マルセイエーズ」の演奏で大砲をつかった[6]。オスカルの紹介でパチュロ家のために中世ふうの大邸宅を設計した建築家（『政界』§5）は、古建築の修理や復元に腕をふるったユジェーヌ・ヴィオレ＝ル＝デュックをうつしたのだろう[7]。痩せぎすの体と、とがった顎の周りのひげが、実在する建築家にそっくりだ（**図4F**）。この二人ともに歴史に名をのこすロマン主義の芸術家として超俗の構え……といいたいところだが、俗世間の俗っぽさを上回る猥雑さを剥き出しにしている。ユゴーにたいする評価の変化とかんがえあわせると、ロマン主義賛美から始まったジェローム・パチュロの文学体験に大きな転機がおとずれたというべきか。時代思潮としてのロマン主義にたいするジェロームの、というより原作者レーボーの期待と幻滅については、次章でふれることにしよう。

図4F　ゴシック狂いの建築家とヴィオレ=ル=デュック

『政界』の本題である議会生活にかんしては、5人の代表的な雄弁家の横顔を紹介するという趣向で党派の別が強調されている[8]。最初は、7月王政では野党にまわった正統王朝派（レジチミスト）のあいだ

図4G①　ベリエ

図4G②　バロ

で急速に頭角をあらわした弁護士アントワーヌ・ベリエ（図4G①）。次に、7月王政の命脈をたつ改革宴会（バンケ）の運動に先鞭をつけることになる王朝的反対派（オポジシオン・ディナスチーク）の領袖オディロン・バロ（図4G②）。さらに、詩人で共和主義にかたむき、1848年の臨時政府ではその中枢をしめるアルフォンス・ド・ラマルチーヌ（図4G③、図7B①も参照）。政権与党のオルレアン派主流（中央右派）をなす、ソルボンヌの教授で歴史家のフランソワ・ギゾー（図4G④）。最後にくるのが、体制内の非主流派（中央左派）でギゾーとするどく対立したアドルフ・チエール（図4G⑤）である。

図4G③　ラマルチール

図4G④　ギゾー

図4G⑤　チエール

威厳をとりつくろったベリエは、胸をそらして議場をみわたしている。同じく禿頭ながら、目が落ちくぼんでいるため狷介な人柄にみえるのがバロである。ラマルチーヌは詩人の桂冠をいただいていることからもわかるように、ロマン派詩人として一時代を画した人。一方、ギゾーは薄い頭髪をこめかみによせあつめ、しっかと前をみすえている。チエールは腰の低いところをアピールしたいようだが、ちゃっかり自分の書いた革命史の本を楯の図柄にして宣伝している。原作者レーボーの議員としての投票行動では、おおむねチエールの路線に忠実だった。本文の記述と挿し絵の政治姿勢が、かならずしも一致していない例ともいえる。その他にも、ジェロームに立候補をすすめる若い政治家秘書（『政界』§9）、油断のならない反主流派の代議士（『政界』§12）などに、１８４０年前後の不毛な政治状況をみることができる。

ラフィットの運動派とペリエの抵抗派のあいだの争いのように、7月王政の当初から政争の種には事欠かなかった。いやしくも民衆革命によって成立した政治体制の保守化は世論の納得をえるものではない。１８３０年代末になると、ギゾーとチエールをそれぞれの頭目とする二派のあいだで政争が勃発した。おりからの社会不安の高まりと国際紛争の表面化を前にして、守旧派と改革派が角突《つの》きあわせることになった。国内では、まるで時機をあわせたように季節協会（ソシエテ・デ・セゾン、第六章を参照）が蜂起する。この秘密結社はジャコバン主義を奉ずる共和主義者と直接行動をうたう労働組織を主体とするもので、準備不足だったとはいえパリの民衆的街区に久方ぶりにバリケードがつくられた。

この機に乗じて3度目の首相の座についたのが中央左派のチエールである。彼はオスマン・トルコ帝国内で自立の構えをみせていたエジプトの支配者メフメト・アリを応援して、イギリスのアジアにおける覇権に楔をうちこもうとした。これが東方問題の最終局面となった第2次エジプト事件である[9]。国内的にはナポレオン人気にあやかろうと、皇帝の遺灰を終焉の地セント＝ヘレナ島からパリの廃兵院（レ・ザンヴァリッド）にうつし、さらに凱旋門の完成をいそがせた。こうした一連の政策でイギリスにひと泡ふかせ、民衆の喝采をあびるはずだった……が、フランスは国際舞台で孤立して、ふりあげた拳をおろすしかなかった。上意下達の強引な姿勢もめだち、労働階級や地方に支持基盤を広げることができず、結局チエールは政界の主導権をにぎるところまではいかなかった。

チエールはまた、17世紀からこのかた仮ごしらえの塀や柵でしきられただけの首都の外縁に、本格的な防御施設をきずく計画をたてた。このときつくられた城壁を「チエールの壁」という。所によっては幅数百メートルにもおよぶ跡地には、いま外周高速道路や教育・スポーツ施設などがおさまっている。ただ、その壁のなかにたてこもるパリ市自治体（コミューヌ）政府を1871年に攻撃したのは、普仏戦争で敵対したプロイセン＝ドイツ帝国ではなく、チエールのひきいるヴェルサイユ政府の軍隊だった。フランス政治の民主化過程を評価するという立場だけから歴史をみると、同朋相討つ戦いでつねに国家権力の側にあったチエールは、まぎれもない敵役である。

社交界と産業界

19世紀はロマン派だけでなく、世界的な規模の博覧会が花開いた時期でもある。経済と社会の活力は見かけだけではなく実質がともなってきた。英仏両国は他の国・地域の追随をゆるさず、経済的・政治的に産業的世界を実効支配することになる。1851年にロンドンで開催されたザ・グレイト・エクシビションが万国博覧会の初めとされる[10]。19世紀後半には欧米の産業中心地が会場を提供したが、ほぼ10年ごとにレクスポジシオン・ユニヴェルセルを開催したパリがおのずと中心になった。1928年に国際博覧会協会（BIE）がパリにもうけられたのも、そのせいである。万国博の先駆といえる産業博覧会は、革命期の産業振興策を具現している。前世紀末からひらかれている。近代日本の共進会あるいは勧業博覧会といった趣の催し物だったに違いない。

パリ産業博覧会は1798年9月に共和政創設を記念してシャン・ド・マルス（練兵場）で開催され、熱気球が最大の呼び物だった。大革命下にさまざまな事件の舞台となったこの地は、19世紀後半に万国博の主会場として利用されることになる。いま同じ場所に立つエッフェル塔は革命百周年にあたる1889年万国博のモニュメントで、当初はたんに「300メーターの塔」とよばれていた。会場を一望するためだけでなく、世界を俯瞰する眼差しの起点ともなった、帝国主義の時代を記念する建造物である。

産業博覧会の時代に話をもどすと、自国の産業振興に熱心だったナポレオンやルイ18世は博覧会の開催に理解をしめし、ほぼ5年ごとに開催するのが習いになる。ルイ＝フィリップの治世が曲がりなりにも安定した1834年には第8回をかぞえるまでになった[11]。このときはコンコルド広場を会場とし、広場の四隅にパヴィリオンが建てられた。おのおのは間口が220尺（ピエ）、奥行き150尺と記録にあるから、およそ6百坪（2千平米）ほどの広さになる。

パヴィリオンをうめた品じなは、インドふうの更紗、防水処理をした帽子、20世紀のバンドネオンに似たミュゼット・アコーディオン、それに精密時計などと、まことに多彩である。17世紀からこのかた弦楽器製造でその名をしられる東仏ヴォージュ県のミルクール市は1ダースで30フランという安価なヴァイオリンを出品した。いかにも時代を象徴するのは、マラリアの特効薬キニーネの特別展示である。化学者ピエール・ジョゼフ・ルペルチエの肝煎りで、大革命前後に活躍した著名なアフリカ探検家フランソワ・ルヴァイヤンの名を冠して展示されたものである。万病に効く薬ということで、例の大流行のときキニーネはコレラ患者にも投与されたということだ。

われらがジェロームはというと、このときの出展品目を審査する準備委員会で、とうとう独自の産業育成策を開陳した。おりから経済界では、自由貿易か保護貿易か、いずれを是とするかで論争がまきおこっていた。原作者はそれぞれを、国際派（コスモポリット）と国民派（ナシオナル、たまたま政治党派の名とかさなる）というふうに名づけている。繊維関係の小売り業界代表として列席したジェロームは、毛織物業と綿織物業にたいする産業政策について意見をもとめられた。彼はどっちつかずの立場をうちだす。そこで問題となるのは、素材となる羊毛と木綿の入手経路だった。「羊毛は自国で産するのだから、原料輸入は規制すべきである」[12]。ところが、「原棉はアメリカ合衆国やアジアから輸入するのだから、自由貿易の対象品目にしておくに如《し》くはない。」ところが、ここでジェロームは自分の店であつかうメリヤス製品について別の考え方を披瀝する。「綿製品はフランス国民の労働の産物である。そうであるからには軽がるしく外国産の進出をゆるしてはならない」[13] こちらはまことに素朴な国産愛用の主張である。

つまるところジェロームは、**当時の思想界や芸術界（端的には哲学と建築）の特徴をさす折衷主義（エクレクチスム）を経済面に適用しただけ**なのだ。ここで面白いのは、審査会の議長は明らかに国際派であること。白熱した議論の果てに、ジェロームの論理はあまりに得手勝手だとして周囲から非難される。ジェロームもだまってはいない。さっそく反撃に転じて、議長を革命派よばわりする。既得権益の擁護にまわったフランスの労働大衆には、ジェロームの悪態のほうがうけたであろうことは想像にかたくない。原作者レーボーは自由貿易論者を糾合した「ル・ジュルナル・デ・ゼコノミスト」という雑誌の創刊にくわわり、その巻頭言を書くなどして、国際派に分類される人である[14]。その彼にして愛国心の高揚などというのは、自分でも片腹痛い思いがすることだろうが、経済的にイギリスにたちおくれたフランスの国民経済を育成するための独自の、つまり本来の意味とは違ったレッセ・フェールの解釈があってもいい。そんな思いが、ジェロームの矛盾した論理の陰に見え隠れしている。

国内的には極端な制限選挙のもとで利権をあさる輩《やから》がのし歩き、対外的には対英追従と独自外交のあいだでゆれうごいて、7月王政期の政治は舵取り不在の感がある。とはいえ、サン＝シモン主義者の活動からもうかがえるように、経済的には鉄道建設に代表される大規模な工業化が緒につき、政治的にはこの革命の国に初めて政党政治を根づかせたと評価もできる。政党の軸になったのは復古王朝期にブルボン家に刃むかった純理派（ドクトリネール）の学者たちである。彼らは政界と学界で重きをなし、知性の名による支配に隙はないともみえた（図4H）。おおむねイギリスの経験主義を旨として漸進的な政治改革をうたうが、肝心なところで実行力がともなわない。

図4H　アカデミーの入り口
左手前にギゾーの姿

代議士の生活

1840年に話をもどすと、共和主義の領袖としてラマルチーヌが政界で脚光をあびたのは、チェールの城壁計画に真っ向から反対をとなえたからだった。議会での審議が混乱するうちに主流派のギゾーがまきかえし、2月革命の勃発まで長期の政権をになうことになる。名目上の首班としてスルト元帥をいただくギゾー政権は、40年代をつうじて国内では頑迷な保守主義、外交では対英追従の方針をとって不人気に拍車をかけた。この主流派の働きかけによって、ジェロームは政界進出をくわだてる（『政界』§9）。彼は再度ナポレオンの名をかたって、パチュロ家の出身地である草深い山間の県から官選候補として立候補する決意をかためた。ついては、代議士たるにふさわしい肩書きをというので、あらたに城を購入し、その所在地にちなんだパチュロ・ド・ヴァロンブルーズという姓をでっちあげた。その意味も「日陰の谷」という、いかにも後ろめたい名である。似かよった地名はイタリアのトスカナ地方にあるが、とても古典古代やルネサンスの香気ただようような代物ではない。

政府のお墨付きをえているため、お国入りにあたって県庁を始めとする地方当局から下にもおかないもてなしぶりをうける（『政界』§10）。富裕なパリの商店主として、金権選挙の用意も万全である。新人とはいえ、ナポレオン・パチュロ・ド・ヴァロンブルーズ氏の前途は、いかにも洋ようにみえた。だがしかし、現職候補は民衆派としてしられる有力者。7月王政下の選挙権は、時期によっても違うが、相当な税額をおさめていなければ選挙権もあたえられなかった[15]。1840年前後には年収200フラン以上という制限があり、普通なら金権候補か、あるいは官吏そのものが選出されるような仕組みである。ところが、貧しい田舎ではこの規定を厳密に運用すると法定の選挙人が確保できないため、所得制限が緩和されていた。民衆派、すなわち急進的な共和主義者が、パリだけでなくフランス中央部の山地から選出されていたのには、このような背景があったのだ。よほどくわしく地方の実情を検討しないかぎり、制度史だけみていたのではこうした選挙の実情はわからない。

選挙戦の狂騒もさることながら、虚構の世界の出来事とは思えない真実味を感じさせるのが、田舎の選挙人の現実感覚である。規定では150人だが、正統王朝支持者は選挙をボイコットしているせいで、選挙運動の対象は100人をわずかにこえる程度しか存在しない。パリ・モードをひけらかすマルヴィナの贈り物作戦で、個人的な知り合いや官庁関係の奥方連を篭絡し、まずは自派をかためる。あとは相手候補の支持者を幾人か切り崩せば問題はないと、ジェローム陣営は高をくくっていた。

運動の焦点となったのは、10票ほどをとりまとめるジェラール親父（**図41**）。ひ

図41　選挙人ジェラール親父

と癖ありそうな農夫であり、その名は革命のきっかけとなった三部会に禿頭のまま出席した議員のことを思い出させる。この人物がひきいるのは、新人候補の供応にあずかりながら、いざ投票所にのぞめば昔馴染みの現職候補に忠実といった手に負えない連中ばかり。首尾良く当選をはたしたものの、投票箱の蓋をあけた結果のライヴァルとの票差はごくわずかでしかなかった。海千山千の選挙参謀オスカルが「あの山がつに嵌《は》められるところだった」と嘆息するほどの、冷や汗ものの勝利である（『政界』§11）。

代議士として新たな人生の舞台に立つことになったジェロームは、選良というものがいかに拘束の多いものかを思いしらされる。まずは選挙区へのお礼奉公とでもいうべき仕事がふりかかってくる。県庁や郡役所からの利益誘導の依頼状は引きもきらず、あまつさえ田舎の人たちがさまざまな紹介状を手にして上京してくる。ジェロームは選挙区民を国会議事堂であるブルボン宮殿にみちびき入れ、さらには1827年にエジプトの奥地か

図4J　選挙民にパリ見物をさせるジェローム

ら招来されたキリンが人気をあつめるパリ植物園(ジャルダン・デ・プラント)に案内しなければならない(図4J)[16]。

新米の代議士は国会審議の場ではもっぱら無口をとおし、いたずらに政争にまきこまれまいとした。ところが結局は、非主流派が口約束した次官の職に目がくらみ、重要な決議で主流派を裏切ってしまう(『政界』§12)。えい、ままよとばかり、ジェロームは地元への貢献と国家的な利害をおもんぱかり、一大演説をこころみた。「諸君、わたくしはわが国の経済のいっそうの発展をねがい……、ここにチーズ産業の現状について報告する所存であります[17]」

文明国のリーダーを自認するフランスの、しかも人間性の普遍的な価値を追求してきた国会の演壇では、このように具体的で生活感あふれる演題は、同僚議員たちから一笑にふされただけだった。ジェロームの無念さは、経済評論が本業の原作者の日頃の思いを反映しているように思えてならない。いずれにせよ、非主流派の政権は数か月で崩壊した。後ろだてとたのむ大臣からは、「きみ、大臣の職は見かけほど楽なもんじゃないよ」と、かえって愚痴をこぼされる始末である[18]。

代議士としての体面をつくろうのも大変で、そのうえフリビュストフスコイ夫人は政界事情を聞きだそうと躍起の様子をみせる。混乱する政情を反映して、誰を頼みとしてよいのかもわからない。貴夫人に入れあげた挙げ句、結局は膨大な借財だけがのこった(『政界』§14)。彼女と相棒の元帥はドロンをきめこみ、哀れジェロームは当時クリシー通りにあった債務者監獄に収容される(『政界』§15)。その監獄を視察しにきた博愛家のモデルとなった人物は、当時の人にはすぐそれとわかったはず。おりからの監獄論争のなかで受刑者にたいする人道的な扱いをとなえた監獄総監シャルル・リュカ（**図4K**）の姿と言動をうつしているのだ[19]。

監獄論争というのは、受刑者に道徳的な矯正を期待すべきかどうかという点での意見の対立である。アメリカ合衆国のペンシルヴェニアとニューヨークの両州でおこなわれていた特徴的な監獄運営に例をとって、フランスでは2派にわかれての論争がたたかわされた。ペンシルヴェニア州の州都フィラデルフィア市街に位置するのがウォールナット・ストリート監獄。その事例を良しとする側（**ペンシルヴェニア派**）は、**夜間の独房への収容と、昼間の作業中の完全沈黙**を強要して、受刑者を内面から鍛えなおすことを目的とする。一方、ニューヨーク州の北部にあるオーバーン監獄を模範とする側（**オーバーン派**）は、**雑居房への収容を原則とし、作**

図4K　監獄改革家シャルル・リュカ

業中の会話を容認する。さらに、刑務所の運営経費を受刑者がまかなうことがのぞましい、とも主張する。19世紀なかばのフランスでは、がいしてペンシルヴェニア派のほうが優勢だった。世紀後半にいたってなお、その論理にそった法案が議決されているほどである。ところが、為政者の思惑ほどには囚人の道徳改革は効果があがらない。なによりも、独房体制を維持するには建物の建設費と維持費がかさむ。そこで、政治犯はたちどころに、また経済事犯や路上の乞食行為は再犯の場合に改悛の可能性がないものとみなし、全部一緒くたにして海外流刑の処分を課すことになった。

原作者レーボーの目的は監獄論争に自分なりの判断をくだすことではない。ただ、債務者監獄といえども一般の犯罪者を収容する監獄と同様のきびしい扱いをうけても仕方がなく、有為転変のはげしい実業界に生きるブルジョワ層の者にとっては、他人事ではない問題ではあった。そのさいに、寛容主義と厳格主義のどちらの立場をとるにしても、これみよがしの言動にふりまわされることのないようにと読者におしえているのだ。リュカは囚人の人道的扱いばかりでなく、死刑廃止論者として行刑史上に名をのこす。晩年の彼は死刑を廃止する代わりに永遠の独房拘禁を課すべしと、これはこれで恐るべき論理をもちだしている。映画「パピヨン」(1973年・米仏合作、主人公は実在したフランスの泥棒)でもしられるように、独房は死ぬよりつらい経験をもたらすはずである。人道主義者の仮面の下に、当の本人も気づかないおぞましい意図がかくれているのをみやぶらなければならない。これもすべては、犯罪者といえども精神的な矯正が可能であるとする哲学のなせる業なのである。

第五章　パチュロ家の本棚

ジェロームの詩作

このあたりで肩のこらない話題をとりあげてみよう。ジェロームとマルヴィナの夫婦がどんな作品にしたしみ、時代をどう読んでいたか。彼らの書斎の本棚をのぞいてみるという趣向である。まずはジェロームが「蓬髪派」の詩人を気取って、自費で出版した詩集3篇の題名が検討に値する。それぞれ『サハラの花』（フルール・ド・サアラ）、『黙示録の街』（ラ・シテ・ド・ラポカリプス）、そして『終わりなき悲劇』（ラ・トラジェディ・サン・ファン）という（『冒険』§1）。二人の同棲時代、マルヴィナが山とつまれた『サハラの花』の綴じ紐をほどいて、その頁を毛巻紙代わりにつかっている（図1B①を参照）。どれも架空の題名だが、ジェローム物のあちこちにみられる架空の名辞の扱いと同じく、何がしかの意味があるはずだ。これらの詩集の題名も架空のようで架空でない。サハラ砂漠を処女作の題名にした背景には、復古王政末期から始まったアルジェリア征服戦争があるだろう。2番目の作品は、市街戦でパリを血に染めた1848年の6月事件を予感させる。もしそうだとしたら、磁気術師もびっくりするほどの予知能力である。そして3番目『終わりなき悲劇』については、きちんとした結末がなくて主人公の魂が浄化されないまま終わってしまうという、近代文学の究極のテーマを思わざるをえない。それは主人公ジェロームの生涯のみならず、19世紀フランス史の歩みそのものを象徴しているかのようだ。

ジェロームが詩を献じて仲間に入れてもらった「蓬髪派」すなわちロマン派は、一党の者がすべて「天才」を自称し、加入順に番号をふっていた。その一番手がユゴーその人である（図5A）。「天才1号」でもよさそうなものだが、日本語では米や芋の開発番号みたいになるので、彼だけは特別扱いして「巨匠」の名をたてまつった。そのユゴーにたいして、天才（天災？・）198号のジェロームが敬意を表したのは当然のことである。原作者もまた『冒険』の冒頭でこそ、ユゴーにたいする賛辞をおしまないようにみえる。

ところが、『政界』ではいささか雰囲気が違ってくる。ユゴーの1831年の戯曲『マリオン・デロルム』が38年3月に国立劇場の舞台にかけられることになって、演劇界でひと悶着もちあがった（『政界』§6）。他人の手で改変されて、後から訴訟騒ぎをおこすより、自分の手で芝居にしたほうがよいということになった。上演されたとき、ある劇評には「可もなく不可もなく」とあるが、別の所伝では「失敗」

図5A　ヴィクトル・ユゴー

と記されている。パリ在住のドイツ人を動員して喝采屋にしたてあげ（図5B）、初演当日は勢いだけで見かけの成功を演出したようだが、いずれにせよ上演後数日にして打ち切りになったことには間違いない[1]。

題名とされたマリオンは、17世紀のフランス宮廷につかえた官女という設定。主人公は彼女の恋人ディディエである。彼と恋敵ガスパールが、政界の実力者リシュリュー枢機卿の策謀によって、ともに命を落とすまでを描いた作品である。1829年に『リシュリュー統治下の決闘』として発表されたときには大いに話題となった。世人はその格調高い韻文に復古王政を批判する意図をみたからだ。ところが、それから十年近くもたったのでは旬の素材をいかせない。いささか高踏的な台詞回しがあきられるようになったのだろう。こうして、さしものロマン主義の文学運動にも陰りがみえてきた。

ロマン主義の運動は文学のみならず、音楽や美術の分野にも大きな影響をあたえた。音楽の代表としてベルリオーズ、絵画ではドラクロワの名をあげるのに、ためらいはない。いずれもジェロームと同じ空気を吸い、同じ感興をあじわっていた。彼らの芸術活動の本質は、理由もなく正統の名のもとに特権

図5B　ドイツ人の喝采屋

的な地位をしめている勢力にたいする抗議だった。したがって、ロマン主義者は反啓蒙思想、反理性、反権力の文脈にみずからを位置づけ、革命が一掃した前近代的な感性を賛美する傾向をもつ。ところが、いったん先王を玉座から追放してその座をうばったときから、新王は大きな矛盾に直面することになる。みずからが芸術の王位についたのちには、反抗心をどこにぶつければいいのだろうか。

フランスのロマン主義は１８３０年のエルナニ事件から48年の2月革命まで、すなわち7月王政期をおおっている。しかし、実際の終焉はそれより早くやってきていた。１８４３年のユゴーの劇作『城主』（レ・ビュルグラーヴ）は、中世ドイツに取材したこともあってか、完全な失敗におわった[2]（図5C）。『政界』（§12）に出てくる『似ても焼いても食えない奴ら』（レ・デュール・ア・キュイール）という架空の戯曲は、同時代における証言者といえる。１８５０年代には写実主義が、70年代には自然主義が、小説作法の基本となる。「巨匠」ユゴーのみは、この間も反ナポレオンの旗をかかげて政治的ロマン主義の孤塁をまもったが、他は分別をみせて社会の大勢と政治の体制に順応するか、あるいは作中のヒーローよろしく自滅していった。現代人の感覚からすれば、ユゴーの韻文による

図5C　『城主』の失敗におちこむユゴー

作品は古典主義とかわらぬ約束ごとの範囲内にある。たとえば、自己の感情に忠実であるようにみえる男の主人公たちは、悲劇的な最期をむかえて運命をうけいれてしまう。

ロマン派詩人の末端に位置したジェロームを仮の主人公とする物語のなかで、妻のマルヴィナなり、その別人格とでもいうべきフリュビュストフスコイ夫人なりの存在が不可欠である理由がそこにある。**袋小路にたちいたった物語に解決の糸口をあたえるのは女性の才知……というのが、そもそもフランス文学の十八番だった。**ちょっとした壁につきあたっただけで滅びを自作自演したがる男に次なる展開をしめすのが、女性特有の資質にかぞえられる人間関係への深い洞察というもの。マルヴィナの存在がなければ、『冒険』だけで物語は終わってしまっただろう。フリビュストフスコイ夫人が登場しなければ、『政界』は『冒険』の二番煎じになるところだった。この二人のおかげで物語はロマンと写実の境界をこえることができた。

マルヴィナの教養

マルヴィナが愛読し人生の導き手ともたのむポール・ド・コックの作品は、いずれも実在する。コックは演劇脚本から大衆小説まで幅広くこなした多産な作家である[3]。その父ジャン＝コンラート・ド・コックは富裕なオランダの銀行家だったが、祖国の民主化運動に挫折してフランスに亡命、軍事行動を優先させる過激な主張のために（ジャック）エベール派の同調者とみなされ、恐怖政治の末期に外国との通謀を理由としてアナヒャルシス・クローツとともに処刑された。父が早すぎる死をむかえたとき、ポールはまだ3ヶ月の赤ん坊だった。

革命の犠牲者を父にもつ身として、コックはけっして共和主義的信条にそまらなかったが、かといって反革命にくみしたわけでもない。父の銀行業をひきついだ兄が祖国で大臣にまで出世したのにたいして、彼はあくまでフランスにとどまり、文学と社会事業の実践にいそしんだ。その文壇への登場は、作家デビューをあせるジェロームがアイデアを借用したというデュクレ＝デュミニルの『ド・ヴァルノワール夫人』（1841年）の脚本書きが最初だった[4]。のち、『隣人レモン』（22年）で恋愛小説に進出、『デュポン氏』（24年）において評価を確立した。以下、『サヴォワ人アンドレ』とか『妹アン』（ともに25年）、そして『モンフェルメイユの乳しぼり娘』（27年）と矢継ぎ早に作品を発表している。このうちの最後の作品のヒロインの名はドニーズといい、農村出身の第1世代パリジェンヌたちに、当時としてかんがえられるかぎりでの女としての幸せな生き方をおしえた。20世紀のフランソワーズ・サガンの小説がはたした役割を先取りしたといえよう。ちなみに、**図1C**でマルヴィナが手にしているのが『白い家』（28年）。社会の矛盾のなかで生きざるをえない庶民のためのホスピスとでもいうべき、共同生活の実践記録である[5]。

マルヴィナの一人称を拙訳では「あたし」などとして、いかにも無教養な女性のようにあつかった。たとえば偽装自殺のときの遺書はこうである[6]。

当地区のけいさつかんさまへ
あたしの死は、だれのせきにんでもないから、ついきゅうしないでね。あたしはじぶんのいしで、ジェロームといっしょに死ぬのだから。人生はさばくだわ。あたしたちは、いまよりもっとずっと、いい思いをするのよ。

あなたのしもべ、マルヴィナ

それというのも、原作者自身が『冒険』の第4版まで、マルヴィナをパリのお針子や女工と同種の存在として描いているからだ。ところが１８４６年刊行の絵入り版では、まだ綴りに間違いがあるとはいえ、きちんとした字と文体でマルヴィナは遺書をしたためている。どうしてそのような落差が生じたのだろうか。原作者は当初、男の側のゆがんだ女性像としての浅はかさをマルヴィナにみていたに違いない。ところが19世紀前半のパリは、世界に冠たる劇場都市である。そこでは、良きにつけ悪しきにつけ、女性ならではの感情の表出が主題になっていた。

ジェロームの本棚には、彼がロマン派詩人であったときの偶像破壊をまぬかれた古典悲劇の作品集がおかれていたはずである。とりわけコルネイユの『オラース』とラシーヌの『フェードル』は、マルヴィナの大のお気に入りだった[7]。ともにフランス演劇界の至宝とされた作品であり、女優の演技力がとわれる内容だからである。古典劇につうじているほどだから、ちゃんとした遺書が書けないようではこまる。われらがマルヴィナは、たしかに物語が始まったときには無教養だったのだが、演劇にしたしむうちに文才を身につけていったようだ。『オラース』と『フェードル』のいずれの場合にせよ、革命以前の教養主義からブルジョワ社会にうけつがれた性差別意識、つまり**女性は自己の感情を抑制できない存在であるという性差別意識が前面に出ている。**女ならではの感情の強さと脆さが、結果としてその身をほろぼすことになる、という通念に支配されていることは間違いない。それはそれで、あくまでフランス古典悲劇の枠内での舞台上の出来事。自分の思いに忠実な、行動力あふれる女性を賛美した作品として、マルヴィナはこうした悲劇をこのんだのだろう。彼女が贔屓にした女優はその名もアルテミスといい、誰の目にも悲劇を演ずるのが無理と思えるほど、たくましい女丈夫だった（**図5D**、『冒険』§9）。

図5D　女優アルテミスを応援するマルヴィナ

ロマン派の栄光と悲惨

『冒険』のプロローグから登場しているユゴーは、『政界』中盤をわが物顔にしきっている(§6)。原文にその名こそ記されないものの、卓抜な風刺画家の筆による「巨匠」の絵姿に隠れもない。当初のユゴーへの評価を思うと、ロマン主義賛美から始まった主人公の文学体験に大きな転機がおとずれたというべきか。有為転変の世の中をわたり歩いて、いささかの苦みをあじわったジェロームは、状況への主体的な参加をよびかける声を客観的にみつめることができるようになったのだ。そもそもロマン主義とよばれる芸術運動は、ジェロームがとなえる経済政策以上の矛盾をかかえていた。すなわち、調和のとれた古典美をいまにつたえようとしても、あまりに決まりがきちんとしていて堅苦しい。約束事がうるさいし、大時代的な所作を動きの早い時代にあわせるのにも無理がある。そこで、主人公に劇的な体験をさせ、予定調和の世界の裂け目を切りひらいてみせる。ところが、それはそれで破滅にいたる道につながるのだ。

ロマン派作品の題材は、きまって慨嘆調で重苦しい。ベルリオーズもヴィオレ=ル=デュックも、軽佻浮薄なパリっ子の趣味にあわせることができないタイプで、状況から疎外されたような思いをいだかざるをえなかった。ただユゴーばかりは、反専制という政治姿勢で首尾一貫していたために、長寿をまっとうしたうえに、最後は国葬の礼をもって遇された。ユゴーの生涯が栄光にみちているからといって、ついでにフランスのロマン主義運動の頭上にも光輪をかざしていいというわけではない。ユゴーが韻文の作品にこだわったのも、じつはアカデミー・フランセーズ入りを熱望していたためだった。ロマン主義を導きの星としてきたジェロームは、自作の上演にあたって我がままをとおすユゴーを冷ややかにみつめている。啓蒙思想とフランス革命の関係にもなぞらえられるロマン主義と国民主義は、やはり既成の秩序を破壊することにのみ存在理由があった。それ自体としては、あらたな秩序を建設するさいの礎石たりえなかったのだ。文化を享受する階層は、少なくともパリでは社会各層におよんでいた。歴史の解釈の面でも、子供騙しの設定ではそうそう通用しなくなった。文学運動そのものは、状況にまきこまれないように注意深く自分の拠って立つ位置を見極めようとする写実主義の時代にうつっていく。そういえば、パチュロ物でとりあげられるテーマは、パリ文壇と距離をたもったギュスタヴ・フロベールの遺作『ブヴァールとペキュシェ』（81年）といかに似かよっていることか[8]。

さて、その日、その夜を楽しくすごせればよいというパリっ子にも、多少は社会的な関心の芽生える素地があった。著名な天文学者で2月革命直後に成立した臨時政府のメンバーとなるフランソワ・アラゴについては、いずれふれざるをえない（図7B③を参照）。ここではその弟で、やがて自分も政界に身を投ずるエチエンヌ・アラゴ（図5E）をとりあげよう。1830年代をつうじて、

図5E　エチエンヌ・アラゴ

彼はヴォードヴィル座の運営にかかわっていた。同座が焼け落ちたときも、場所をかえて独自公演を継続させたのが、このアラゴの弟なのである。経営手腕が高く評価されただけでなく、脚本の執筆にも才能を発揮し、47年に自作の喜劇『4人の貴族』を国立劇場の舞台にかけるまでになった。テンポの良い舞台運びや台詞回しは、ロマン主義文学の後ろ盾だったシャルル・ノディエの眼鏡にもかなない、興行的にも成功をおさめる[9]。

『4人の貴族』の登場人物は、まずシャルルマーニュ以来の家系をほこるトルシ伯爵、ついでナポレオン1世によって爵位をあたえられたラリュール男爵、そして金貨のぎっしり詰まった袋をぶらさげた金満家ヴェルディエとつづく。封建貴族、帝政貴族、商業貴族とつづいた後は、知恵と体力だけが取り柄の労働者ヴァランタンである。金権の7月王政を象徴するヴェルディエには美しい許婚者ローランスがあったが、彼女のほうは若くて勇気のあるヴァランタンにひかれていく。爵位や金銭を大事と思う娘の父親も、粗暴だったり無能だったり、あるいは胆力に欠けたりと、いずれも見かけだけの貴族たちに愛想をつかし、真面目な労働者に娘をゆだねるという筋。劇自体は多愛のない恋愛物だが、当時の社会層を戯画的に描きわけているところに、時代性をうかがうことができる。

アラゴは育ちと品の良さを売り物にして国立劇場に進出したのだ

図5F　フェリクス・ピア

が、より広い大衆の支持をえたのはフェリクス・ピアというジャーナリストである（図5F）。１８４８年に議員となり、49年には山岳派の中心メンバーとして活動、71年のパリ・コミューンでブランキ派をひきいた筋がねいりの急進共和派の政治家でもあった。７月革命前後の時期、彼は親の期待どおり弁護士としての修行をつんでいたが、政治的情熱をおさえることができず、また持ち前の文才をかくしとおすこともできなかった。こうしてピアは、反政府派の新聞に寄稿するだけでなく、風刺劇にも手をそめることになる。１８３２年にオデオン座で『革命いま昔』を発表して注目されたものの、上演禁止の憂き目にあった。41年には『二人の錠前師』をポルト・サン＝マルタン座にかけて、人気作家の仲間いりをする。さらに46年の『ディオゲネス』と翌年の『パリの屑屋』は、従来とは違った角度からの社会批判として大好評を博した。いたずらに感情をかきたてるロマン派的な主題をこばみ、現実感に裏うちされた演劇作法をつくりあげたとして、高く評価されたものだ。

オデオン座で上演された『ディオゲネス』の題名は、前３世紀に出た犬儒（キュニコス、シニシズムの語源）派の哲学者「樽のディオゲネス」にちなんだもの[10]。ピアの戯曲は、前４世紀のアテネの指導者ペリクレスの愛妾として歴史に名をのこすアスタシアと、この哲学者との交歓をとりあげる（年代があわないかも）。脱俗を売り物にするディオゲネスは、美女をたたえるどころか、「男が戦場で命のやりとりをしているのに、宝石など身につけて恥ずかしいと思わないか」と剣突をくわせる。アスタシアは心にとがめるところがあって、日頃の行状を反省する風。ところが面白いことに、哲人のほうでもわが身をふりかえり、愛のない生活に別れをつげようと決心する。アスタシアが涜神のかどで裁判にかけられる後半の場面。彼女は持ち前の才知で危難をのがれ、哲人もその結果を良しとして、ふたたび樽を住処とする生活にもどる……。見せかけだけの豪奢と超俗を、ともに皮肉った内容である。

マケール物で一躍人気俳優になったルメートルの好演もあって、ポルト・サン＝マルタン座での『パリの屑屋』は大入り満員の盛況となった[11]。ルメートルが演じるのは、気のいい屑屋の親方ジャン。彼は20年前に非業の死をとげた同業者の娘マリーの成長を暖かく見守っている。娘は繕い物で生計をたてていたが、謝肉祭の夜の賑わいにさそわれ、預かり物の着物を身につけて街に出る。社交の場を提供した富豪のホフマン男爵邸で、マリーの大切な衣装はよごされるが、好青年アンリ・ベルトランの目にとまることにもなる。じつは男爵こそマリーの親を殺した犯人であり、ふたたび災いが彼女の身にふりかかる。マリーはホフマン男爵の娘がおかした嬰児殺害のかどで逮捕されるが、ジャンの尽力で無実の罪がはらされて……。屑屋の生活や、女囚を収容するサン＝ラザール刑務所の描写が真にせまり、マリーとアンリの出会いを凡百のメロドラマの域にとどめなかった。

社会的エリートの偽瞞をあばいたり、下層民の生活実態にふれたりしたのは、なにもピアの作品が初めてではない。続き物の小説として世人の評価にたえる作品を提供した初期作品のひとつがパチュロ物であり、つづいて圧倒的な人気を勝ちえたのがユジェーヌ・シューの『パリの秘密』（1842-43年）と『さまよえるユダヤ人』（44-45年）だった[12]。新聞の連載小説として大評判となったこの2作品では、為政者の愚かしさ、それと対《つい》をなす徒刑囚や売春婦、さらには都会の悪所が克明に描写されている。シューの作風が社会派ロマンなどといわれる所以である。とはいえ、そうした好ましからぬ環境に翻弄されながらも、主人公はあくまで魂の純粋さをたもったという道徳劇が原作者の狙いだろう。だから、シューを社会派レアリスムの幕をあけた人物とみるのは見当はずれである。実際に１８４８年6月の補欠選挙で議員にえらばれたシューは、労働階級もさることながら、それより下層に位置づけられたプロレタリアートに同情をよせるどころではなかった。

シューが頼りにならないとなれば、それだけに反ロマン主義をかかげたピアの位置づけが重要になる。**『エルナニ』が7月革命の引き金になったように、『パリの屑屋』が2月革命を準備した**という評価もなされている。当のピアの政治作法をレーボーは非常にきらっていたのだが、パリ・コミューンにさいしてのピアの策略めいた言動はその本能的な反発を裏づけるものとなった。

ペテルブルグでカフェを営む胡乱な夫婦と画家

第Ⅱ部　2月革命の只中で

臨時政府閣僚の執務室前

第六章　憲章体制の落とし穴

「王殺し」の系譜

　この章では、パチュロ物の視線とは別の角度から7月王政期の新聞をにぎわせた三面記事のいくつかを紹介しておきたい。ジェロームの冒険に関わりをもたなかった大事件の数かずが、次なる物語の序章となるからである。革命以降のフランス史は「王殺し」（レジシッド、英語のレジサイド）の汚名を身にまとい、それを法理的に処理できないという自己矛盾をかかえこんでしまった。近代の市民社会は資本主義と個人主義を原理としながら、農村共同体や体制の異なる未開発地域を商品と労働の市場として確保せざるをえない。そのため、家父長的な支配を全面的に否定できないどころか、むしろそれを助長するような面さえある。ナポレオンにたいする個人崇拝が生ずるのも、そのせいである。**家族の秩序における家父長制の強化は、政治の場における国王の地位の特別扱いにつながる。**ナポレオンが制定した刑法によって、尊属殺人（パトリシッド）は通常の殺人（故殺・謀殺）より罪が重くされ、皇帝（国王）とそれにつらなる皇族（王族）の身体をおびやかす者には死刑以外の罰則規定のない国家反逆罪が適用された[1)]。

　ルイ16世にたいして死刑判決をくだした国民公会議員たちは、ナポレオン体制下では不問に付されたものの、ブルボン王朝が復帰すると、ただちに王殺しのかどで訴追されることになる。その復古王政とオルレアン家による7月王政は「憲章」（シャルト、英語のチャーター）体制の時代といわれる。憲法（コンスチチュシオン）というのをはばかって、あくまで国王が臣下の奏上した内容を認めた体をよそおったのだ。一応は民意にそくした議会が存在するからには、立憲制を維持しつつ国王大権との兼ねあいをさぐる状況がつづく。市民革命後の時代に、あらためて国王の身体に絶対王政期とかわらない重みをもたせようとするのは、立法者にとっても無理を承知のごり押しである。したがって、この時期には国王襲撃事件が頻発することになった[2]。7月王政は、当の「王殺し」の一人であるオルレアン公爵フィリップ（革命期にエガリテ＝平等を名乗る）の息子を国王に推戴したために、その人物が政治テロの恰好の標的にされた。テロをおこなう側は良心の呵責を感じる必要がなかったからだ。

まずは復古王政期の大事件から紹介しておこう。ルイ16世の末弟アルトワ伯爵の次男で、ブルボン王朝の後継ぎに指名されていたベリー公爵を暗殺したのが、ルイ＝ピエール・ルヴェルという職人である。ルヴェルは革命期に孤児としてヴェルサイユの施設でそだち（アンファン・ド・ラ・パトリ＝祖国の子）、やがて鞍打ち工として一本立ちした。ナポレオン贔屓で兵士にもなったが、虚弱な体質のせいで軍中に長くはとどまれなかった。しかし、ワーテルローの戦いに馳せさんじ、ラ・ロシェルまで敗残の皇帝につきしたがったという。物静かな性格だったが、周囲にはブルボン王朝にたいする敵意を露わにし、その血筋を根絶やしにするという誓いをたてていた。１８２０年の謝肉祭期間中、オペラ座で観劇をおえたベリー公爵が妻（ナポリ王国のブルボン王朝から出た公妃は寡婦になってから本領を発揮する）の手をとって馬車にいざなおうとしたその無防備なときをねらって、暗殺者は公爵の脇腹にふかぶかと刀をつきたてた。審理の場で彼は「同朋に弓ひいたブルボン家の者は王たりえぬばかりか、祖国に帰還することあたわず」との弁明書をよみあげている[3]。

国王ルイ18世自身にたいする襲撃事件もたびたびおこっている。ベリー公爵暗殺の悪夢もさめやらない翌21年1月、国王の御座所チュイルリ宮殿の階段で爆発があり、執務室のガラスがわれた。4日後にも大蔵省の廊下に爆発物がしかけられたが、こちらは未遂におわる。翌月ヌヴーという商人が逮捕されたが、検事による取り調べ中に喉をかき切って死んだ。容疑者は破産宣告をうけており、自暴自棄になった末の所業とされたが、政治的な意図をもった誰かの身代わりになったという疑惑もすてきれない[4]。

亡きベリー公爵の父アルトワ伯爵が兄の後をおそって即位しシャルル10世となると、政局は一気に緊迫化する。旧体制以来の貴族にたいして革命期に没収された土地への補償金を支払うとの決議もさることながら（1826年、亡命貴族の10億フラン法）、時代錯誤もはなはだしい新王が革命前の習いを復活させて瘰癧を治癒する王の儀式（ロイヤル・タッチ）をとりおこなうなどの行為を目の当たりにしたのでは、国民もたまったものではない。最後は選挙法改正と言論出版の自由の抑圧（1830年の7月法）が命取りとなって、ブルボン王朝そのものが崩壊してしまう。

7月革命によって成立した7月王政は、最初から波乱の幕開けとなった。国王ルイ＝フィリップの言葉と身体にさほどの重みが感じられず、政権発足時からさまざまな思惑がいりみだれていたからである[5]。初めは「運動派」と称された改革派が主軸となったが、ジャック・ラフィットの政権基盤の弱さと経済政策の失敗でじきに失脚する。ラフィットは政敵からその名をもじって「破産」（ラ・フィット）氏と仇名されたのだが、銀行家としての経歴の最後で実際に破産の憂き目にあっている。国王の意向に忠実な「抵抗派」の期待の星ペリエは、まだ充分に働き盛りの年齢だったのだが、国王にしたがってコレラ患者を見舞い、その病気にかかってあっさり死んでしまう（第三章を参照）。ペリエの早すぎる死によっていっそう政治は混迷を増し、内閣首班の地位をめぐって隠微な主導権争いがくりひろげられた。

1831年2月にはベリー公爵の年忌にあたってルーヴル宮殿に面したサン＝ジェルマン＝ロクセロワ寺院とパリ司教館が焼き討ちされ、翌32年6月には共和派としてしられたラマルク将軍の葬儀にからんで騒擾がおきた。政局混迷の最後に登場したのがベリー公妃による反乱教唆である。彼女は正統王朝主義の心情が厚い西部で活動し、熱心に蜂起をうながしたが、ついに当局側に捕らえられたのだった。夫の没後10年余をへた彼女は獄中で出産し、支持者を白けさせただけでなく、後継ぎたるボルドー公爵（王位僭称者としてアンリ5世をなのる）の立場をあやうくした。この段階でブルボン王朝の再復帰は不可能になったといえる。ただ、ロマン派の文人としてもしられた元外相のルネ・ド・シャトーブリアンだけは、自分が投獄されることもいとわず、彼女の立場を理解する内容の文書を発表している。

7月王政期の「王殺し」といえば、35年7月28日のフィエスキ事件に留めをさす[6]。7月革命の5周年を記念する式典にのぞんだ国王の行列が、グラン・ブルヴァール東端の庶民的な劇場街タンプル大通りにさしかかったとき、突然そこに銃弾が雨霰とあびせかけられた。国王は額にかすり傷を追った程度だったものの乗馬に銃弾があたり、現場には副首相格のモルチエ元帥を始めとする死者14名と重軽傷者28名（うち5名が後日死亡）がのこされた。一般人のあいだにわけいって愛想をふりまく「市民王」の面目は丸潰れとなった。この事件で奇妙なことは、警察の手先だったともいう実行犯のコルシカ人ジウゼッペ・フィエスキがいとも簡単に身柄を拘束されたことである。彼もまた頭部に重傷を負い、血をながして現場近くをうろついていたところを国王の護衛兵に捕らえられたのだった。

さしたる政治的背景も個人的動機もみあたらないうえに、当の犯人もまた闇から闇に葬りさられようとした。ということは、陰で糸を引く人間がいるということだ。警察の手先だった彼がタンプル大通りにそったアパルトマンの4階に部屋を借りたのが3月8日のこと。およそ半年かけて周到な準備がなされたことになる。これだけの大仕掛けとなると、たんなる密偵では役不足である。部

図6A　上段左からフィエスキ、ニナ・ラザーヴ、モレー、ペパン、ボワロー、ベシェール

屋にのこされた手がかりから芋づる式に逮捕された共犯者は、フィエスキの若い愛人ニナ・ラザーヴ、武具職人のフィリップ・モレー、バスチーユ広場に面した食料品店をいとなむペパン、ランプ製造工のボワロー、そしてフィエスキが逃亡するために用意された通行証の名義人である製本工のベシェールの5名である（**図6A**）。このうちペパンは界隈で名のとおった商店主として国民衛兵の士官をつとめ、32年6月騒擾への司令官の対応を批判する一書をあらわして職を辞している。モレーは7月革命に参加して褒賞をさずけられており、後述する人権協会とも関わりがあったという。

フィエスキ自身が考案し組みたてたとされる「地獄の連発銃」（マシヌ・アンフェルナル）は24本の銃身をたばねた機関銃の元祖である。ニナ・ラザーヴがモレーから聞いた話として当局に明かしたところによると、そのうち3本に詰め物がしてあり、実行犯のフィエスキも死ぬはずだったという。フィエスキ事件を紹介した歴史書の記述がしばしば仕掛け爆弾という言葉をつかうのは、そのせいである。とうてい審理をつくしたとはいえない裁判の結果、翌年にフィエスキ、モレー、ペパンの3名が事件の首謀者として死刑判決をうけ、連絡役とみなされたボワローが20年の徒刑場送り、ベシェールは無関係として釈放された。このころ刑場に指定されていたサン＝ジャック門の内側の広場を、武装した6千もの国民衛兵がかこんで3名の死刑が執行された。怪我のせいもあって裁判の場でも茫然自失の状態だったフィエスキだが、万が一にも真実の声をもらさないともかぎらない……。不測の事態に対処するための厳重な警戒である。ニナ・ラザーヴにたいする処置は記録にのこっておらず、彼女の証言は当局側が苦しまぎれにでっちあげた筋書きにそったものだったともかんがえられる。

このフィエスキ事件の裁判の判定は共和主義者を直接狙いうちにするものではなかったにせよ、見かけだけでも自由主義的だった政府の姿勢は以後まったく影をひそめた。同年の9月法によって反体制運動の取締りや言論弾圧が強化される。風刺新聞として名高い「ル・シャリヴァリ」紙も発行停止となり、ドーミエ以下の画家たちは政治批判から手をひかざるをえなくなる。それまでたびたび内相をつとめて力をつけた中央左派のチエールが初の首相の座を射とめ、思いきった政権の梃入れ策にのりだしていく。主流の中央右派は文相として教育政策で実績をつんだギゾーを軸にまとまり、国王は彼にたいする信任をいっそう厚くしたのだった（第四章を参照）。

国王襲撃事件はこれが最後ではなかった。46年4月にはパリ南方の離宮フォンテーヌブローで、国王の乗った馬車に元軍人ピエール・ルコントが銃弾2発をあびせるという事件がおこった[7]。ルコントは1820年代のスペイン遠征に参加し、その後オルレアン公領の森林監督官の長をつとめていたという。ただ生来の短慮で周囲と揉めごとをおこすことが多く、誰もがうらやむ職を棒にふってしまい、雇い主だった国王にたいする逆恨みをつのらせたようだ。この場合は背景が単純で、ただちに裁判がひらかれて同年6月初旬に死刑判決がくだされ、その4日後に暗殺未遂犯は処刑された。それから2年後には国王もその地位を追われ、シャルル10世の晩年と同様にもはや誰からも命をねらわれることなく、外地でしごく平凡な、しかし短い余生をおくったことだ。

殺人者と収賄者

19世紀は社会統計の形で大量現象に注目があつまった時代である。なかでもとくに犯罪統計は当時の行政家や知識人の関心の的となった。フランスの犯罪統計は1825年に始まる。当初は分類して整理するだけで満足していたのだが、7月王政期にはいると担当部局と民間の研究者がきそって内容を点検するようになる。良い意味でいえば犯罪の原因追及、悪くとれば犯罪階級の囲いこみに大きな努力がはらわれた。とはいえそれも1880年代までの話で、結局は犯罪そのものの多様化・複雑化に専門家ですら匙をなげざるをえず、あらためて外形的特質を論ずるだけになって現在にいたる[8]。

観相術（フィジオノミー）とか生理学（フィジオロジー）とかの言葉に、そうした時代の雰囲気がよくあらわれている。第三章でふれた骨相学の流行もその一環である。**人間の外形的特質が内面をあらわすという通念が、犯罪の原形質をさぐろうとする傾向の原動力になっていた。**無味乾燥ともみえる大量現象としての犯罪にあって個性をきわだたせるのが、血に飢えた殺人者たちの列伝である。1820年代には博愛主義者やフリーメイソンの活動家たちによって、刑務所の待遇改善や死刑廃止の運動が始まる。そうした風潮にさからうように、自分から死刑をよびこんだかとも思える重罪人たちの行状が、それだけいっそう強烈な印象をあたえる。

殺人者列伝の最初をかざるのはルイ・オギュスト・パパヴォワーヌ。ノルマンディー地方はユール県の富裕な羅紗製造業者の家に生まれた彼は、海軍の会計官の職につき、順調に出世していった。ところが父が亡くなって家業は破産状態としらされ、一気にどん底に突き落とされる。職を辞して家業をたてなおそうとはしたものの、必要な額の恩給がえられない。パリの街をほっつき歩いているうちに、いつしか東郊ヴァンセンヌ公園の一角に立っていた。時は1824年10月の昼さがり、彼は公園で遊ぶ男女の子供二人を刺し殺した。いたいけな子供を無差別に殺した行為にたいして、ベリー公妃などの貴顕の女性たちが動機なき殺人の犯人の真意を聞きただしたいと申しいれた。だが彼は「神のみぞ知りたまう」というばかりで、翌年3月に処刑された[9]。

フレデリク・ブノワ（図6B①）はベルギーと国境を接するアルデンヌ県ヴジエの治安判事の三男である。1829年11月、父の不在時に剃刀で母の喉をかき切り、6千フランもの家の蓄えをせしめた。よりによって治安判事の息子がこのような大罪をおかすとは誰も思わず、強盗の仕業にみせかけることができた。やがてパリに出て職につき、31年の7月に今度は同性愛の相手を母と同じ手口で殺す。被害者が寝物語に聞いた過去の犯罪をネタに、わずかな金をブノワにせびったのが動機だった。最初は知らぬ存ぜぬでとおしたが、二人の関係を証言する者があり、詳細を記した被害者の手紙が動かぬ証拠となった。ブ

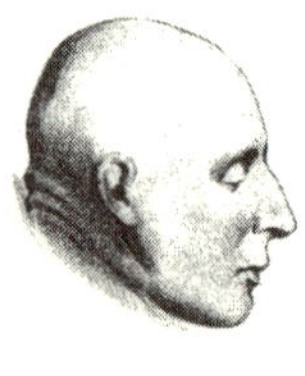

図6B① ブノワ

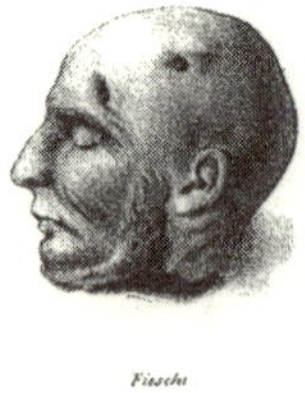

図6B② フィエスキ

ノワは先に犯した尊属殺人の罪も問われ、同年8月に処刑された。ちなみに、ここにかかげた一連の図は、7月王政期に処刑された犯罪者たちの頭部である。参考までに、フィエスキ逮捕時の傷の程度を確認しておこう（図6B②）。

詩人にして殺人者ピエール・フランソワ・ラスネール（図6B③）は15世紀のフランソワ・ヴィヨンの再来ともてはやされ、逮捕から処刑までの半年あまり、その監房をおとずれる人がたえなかったという[10]。リヨン郊外で鉄や絹をあつかう商人の12人の子供のうちの4番目に生まれた彼は、中等教育をうけて商いの道にすすむはずだった。しかし、気紛れで粗暴な性格が災いして、どこでも問題をおこしたという。長じてからパリの街を父と散歩していたとき、たまたま公開処刑の場に出くわした。「そのままワルをとおしていくと、あれがお前の運命だぞ」という父の訓戒にもかかわらず、処刑台にのぼる自分の姿を夢みて陶然とした気分にひたったという。ヴィヨンの時代とは違いジャーナリストの道もひらけていただろうに、ラスネールはてっとり早く金を手にするために馬車強盗をはたらき、懲役1年の刑を宣告されて刑務所におくられる。そこで相棒となるアヴリル（図6B④）と知りあい、出所後の1834年12月に約束手形の偽造にからんでつなぎをつけた銀行員とその母を殺した。二人は犯罪の痕跡をけすことに頓着した様子もなく、簡単に逮捕された。事件のあと、血の臭いを消すために二人が入ったトルコ式の風呂はタンプル大通り、フィエスキ事件の現場のすぐ目の前に

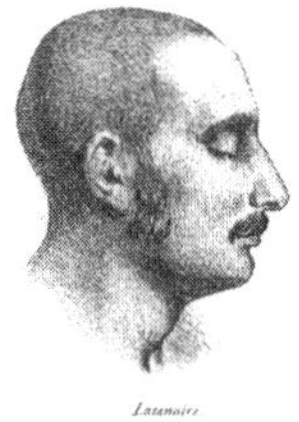

図6B③　ラスネール

図6B④　アヴリル

ある。タンプル大通りの別名「犯罪大通り」は殺人をとりあげた芝居が多かったことに由来するというが、実際にも血なまぐさい事件が頻発していたわけだ。ラスネールは入浴後ヴァリエテ座で喜劇を楽しみ、アヴリルは娼館にしけこんだという。

次にラスネール特有の詩風による「盗人から隣人たる王様への嘆願書」を紹介しておこう[11]。風刺新聞と関わりをもった文人アルタロッシュがそのまま刊行して罰金刑を課せられたという、いわくつきの作品である。

俺を巡査にしちゃあくれねえか!
盗人、ごろつき、悪党と　罵られても文句は言えねえ
とはいえ非道をするときにゃ　身に一文の銭もなく
腹をふくらませんがため　止むに止まれずしたもんだ

飢えるとなれば誰でも人は　悪魔の所業をはばからず
ところが玉座に座る御方は　俺の命を所望とか
あんたはそれほど飢えたこと　後にも先にもねえはずだ

映画「天井桟敷の人びと」（1944年、その後編「白い人」）ではアヴリルがラスネールの子分になっているが、じつのところ二人は同格の悪仲間だったようだ。ともに獄につながれてからは、ラスネールは死刑も覚悟していると口にしつつも、妙に楽天的な調子だった。じつは相棒に罪をなすりつける意図があって、すべてはアヴリルの指図にしたがっただけと文人たちにほのめかし、世論を味方につけようとしたようだ。口も筆も達者なラスネールの前にアヴリルは立つ瀬がないようだが、こちらもそれなりに腹のすわった悪人である。途中ではラスネールの口振りに怒ってみせる場面もあったが、35年11月に二人仲良く死刑の判決をうけると、急に和解のポーズをとった。翌年1月の処刑にさいして、「いざ、さらば！」（アディウ）と声をかけたアヴリルが先に断頭台の露と消え、後につづくラスネールの恐怖心をかりたてたのだった。

犯罪に手をそめたのは、何も中産階級の落ちこぼれや下層階級の者にかぎらない。革命期に南仏で活躍した政治家を父とし、ナポレオン軍中での功績も輝かしい将軍を兄にもつ元閣僚で上院議員のジャン・バチスト・テストも、汚職事件にまきこまれてコンシエルジュリの獄につながれた[12)]。政治活動のかたわら若くして弁護士としてたったテストだが、法曹資格をうばわれた復古王政期にはベルギーですごし、オルレアン家の訴訟を担当してその信任をえた。7月王政となって出身地の南仏ガール県から代議士に選出され、1834年11月に商務大臣として初入閣する。ただこのときの在任期間はわずか8日間にすぎず、39年のスルト内閣で法務大臣に指名されて、ようやく政界での地位をかためる。この着任の日に、政府部内の対立をみすかした四季協会がパリの各所で蜂起したのだった（次項を参照）。テストはギゾーとチエールの対立の狭間をかいくぐって閣僚の座をまっとうし、40年のスルト＝ギゾー政権では公共事業大臣に横滑りする。フランスが独力で交通網を整備するのに貢献したとされる42年鉄道法は、テストの功績のひとつとされる。43年に閣僚を辞して上院入りし、やがて最高裁（クール・ド・カサシオン＝破毀院）の判事にも指名された。

ところが好事魔多し。元の陸軍大臣アメデ＝ルイ・デパン・ド・キュビエール（以下キュビエール）にはらいさげられた東仏グエナン（オート・ソーヌ県）の岩塩鉱山の一件が、にわかに政治問題化した。テストの命運を決したのは、47年5月に「ドロワ」（権力とか正義とかの意味）紙が暴露したキュビエールの手紙である。以下にその文面を紹介しておこう[13]。

なにがなんでも内閣の内懐に食いこむための手がかりをえなければならない。私はその手がかりをつかんでおり、君は餌をばらまく役だ。（中略）政府は強欲で腐敗した奴らの手中にあり、昨今の事件のお陰で言論出版の自由は差し止められたままだ。つまり、やりたい放題というわけ……。

自分もその構成員である上院の審問にひきだされたテストは弁明にこれつとめたが、元陸相と現職の公共事業相のあいだをとりもった関係者が不利な証言をした。テストはピストル自殺をはかったものの軽傷で、47年7月に懲役3年、罰金9万4千フランの有罪判決をうける。贈賄側はそれより軽く、キュビエールと資金源のパルマンチエが公民権停止と1万フランの罰金を申しわたされた。アウステルリッツやワーテルローで戦ったキュビエールは、のちルイ=ナポレオンが全権を掌握したときに名誉が回復される。そのときテストのほうは、身柄が病棟にうつされて罰金を5万フランにへらされただけだった。事件が明るみに出た経過からすると、ボナパルト派による陰謀という線も出てくる。いずれにせよ、さばかれたのはテストだけでなく、ルイ=フィリップを首領とする金融王朝そのものだった。

痴情のもつれ

7月王政の末期を派手にかざったのが、1847年8月におこったプララン公爵夫人アルタリスの殺害事件である。夫の（ショワズール=）プララン公爵テオバルトはおしもおされもせぬ大貴族で、上院議員としてオルレアン家にも忠誠をちかってきた。しかし、公爵は事件発覚直後に毒をあおぎ、みずから不祥事に幕をひいた形となった。ところが事はそれだけでおさまらず、噂話に尾ひれがついて、政権そのものの終焉を加速することになる[14]。

プララン公爵家の初代セザール・ガブリエル・ド・ショワズールは帯剣貴族の名門の分岐で、若き日に軍功をあげて将官に列し、軍籍をしりぞいてからもルイ15世のもとで駐オーストリア大使や外務大臣をつとめた政治家である。その孫アントワーヌ=セザールはフランス革命初期に三部会の貴族身分代表、つまり憲法制定議会の議員となり、恐怖政治期に逮捕されたものの命を長らえて、ナポレオンのクーデタ後に元老院議員に指名された。問題の公爵の祖父にあたるこの人が、本家が断絶したのを機に家名をショワズール=プランとあらため、広大な領地とともに子孫につたえたのだった。その子フェリクスも国民衛兵指揮官として革命期のパリにとどまり、ナポレオンの覚えめでたく帝政期に顕職を歴任し、復古王政と7月王政でも権力に近いところに座をしめた。人好きのする性格と廉直でしられたフェリクスが亡くなり、問題のテオバルトが家名と屋敷をうけついだのが1841年のことである。

新プラン公爵の夫人がオラース・セバスチアニ元帥（図6C）の娘アルタリスである。舅フェリクスが生きているうちは抑制されていた彼女の嫉妬心が表にあらわれるようになり、爵位をついだころから夫婦のあいだでは口論がたえなかったという。1827年に結婚した二人には10人の子供があり、一人は早世したものの、残り9人は無事に成長して公爵家の将来は安泰とみえた。ところが、家の宝ともいえるこの子供たちのための家庭教師が破局の直接の原因となる。アンリエット・デリュジ=デポルト（以下デリュジ）はパリ生まれ

図6C　セバスチアニ元帥
ドーミエによる彩色テラコッタ

のパリ育ち、意志が強く物怖《ものお》じしない性格で、本書に強引にからめれば教養あるマルヴィナとでもいった女性だったようだ。公爵と男女の関係にあったかどうかは定かでないが（事件後に尋問されたデリュジは恋愛感情を否定した）、公爵夫人のほうが子供を養育する権利とあわせて夫の愛情も横取りされたと邪推したのも無理からぬことではあった。悲惨な事件の前日も、公爵はいったん家から遠ざけられたデリュジのもとをおとずれていたという[15]。

夫婦の危機をなんとか回避させようとしたのが、夫人の父親セバスチアニ元帥である。コルシカ出身の冒険的軍人でボナパルト家の親戚筋にあたるともいい、イタリア戦役以降つねにナポレオンのそば近くにあって、スペイン半島戦争、ロシア遠征時の退却戦、ライプチヒの戦いなどで全ヨーロッパに勇名をとどろかせた。その間に駐オスマン・トルコ大使をつとめ、スルタンのセリム3世をうごかしてダーダネルス海峡からイギリス艦隊を砲撃させるなど、相当の外交手腕を発揮している。一粒種の娘はそのころイスタンブールで生まれたのだが、妻は出産時に亡くなり、家庭生活は軍歴や政治経歴ほど順調ではない。帝政期に伯爵をあたえられた元帥は復古王政に忠誠をちかって爵位を維持し、7月王政の成立とともに一気に政権中枢にくいこんで、30年代には海軍大臣と外務大臣、ひきつづいて主要国の大使を歴任した。

イギリス艦隊やコサック騎兵を前にしてひるむことのなかった歴戦の兵の唯一の泣き所が、中年の域にさしかかった娘アルタリスの悋気だった。元帥はその原因となった家庭教師デリュジに因果をふくめ、年金1500フランを娘の手元資金からあたえることを約束してプララン公爵家を去らせた。これで公爵夫人の面目はたもたれ、すべては丸くおさまるはずだった。だが、名だたる軍人の娘である公爵夫人は、なおも追撃の手をゆるめなかった。デリュジの立ち回り先に彼女を誹謗する文書をおくりつけ、再就職を困難にさせたようだ。悲劇のおきた日、公爵はデリュジから涙ながらにこうした事実をつげられ、帰宅して夫人を面罵したのだろう。いくら帯剣貴族の家柄とはいえ、事前に複数の凶器が用意してあったのは解せない。日ごろは大人しい男にありがちの感情の爆発の背後には、つもりつもった夫の側の不満があったに違いない。

　事件がおこったのは、子沢山の公爵家が一家をあげて北仏ディエップの海水浴場にいくためパリの屋敷にあつまっていた当日の夜だった。夫人の居室から未明にはげしく争う音がしたので使用人がかけつけたが、建物の外からは中にはいれず、状況がみとどけられない。非常口からまわりこむと、夫人が血をながしてたおれている。顔や首に相当数の傷があり、犯人も相当の返り血をあびているものと思われた。やがて廊下の反対側から公爵が姿をあらわして夫人をかきいだいたが、彼女は息をひきとった。夜があけてからの捜査では、廊下に点てんと血の跡がつづいており、その先にある公爵の部屋から血まみれの短刀や銃弾をこめたピストルが発見された。その銃口には夫人の髪の毛や皮膚の一部もこびりついている。血染めの衣服は瀕死の夫人をだきあげたときについたもの、その後に自室にもどったのだから廊下に染みがあるのも当然、などと公爵は反論したが、次第にしどろもどろになり、目もうつろといった有様。上院議員の特権のお蔭で身柄こそ拘束されなかったが、公爵は厳重な監視下におかれることになった。二日後、今度は彼が自室でたおれているのが発見された[16]。まだ息はあったが衰弱がはげしく、何も話さないまま、やがて息をひきとった。

夫人の検死にあたったのがオルフィラとアンブロワーズ・タルデュの2名、公爵の様子がおかしいというので（コレラ感染をうたがわれた）急遽よばれた医師がアレクサンドル・ルイだった。筆者としては、昔馴染みに出会ったような懐かしい気分をあじわったものだ[17]。これらの医師たちは「パリ病院」医学の時代を代表する医科学者であり、人格識見ともにすぐれた人たちである。『冒険』でのサン=テルネストの言い条を鵜呑みにしてはいけない（第三章を参照）。オルフィラとタルデュによる検死の結果は、夫人の傷は顔と首に刺し傷と銃創が十数か所、いずれも至近距離からのものである。物盗りではないことがわかっていたから、親密な関係にある者の怨恨による犯行とみられた。公爵についてのルイの見立てでは、流行病ではなく阿片チンキをのみくだしたときの症状を呈しているという。公爵が死んだあとの検死でもそのことが実証された。大革命前とくらべて医師の力量が格段にあがったとはいえ、人間の〈こころ〉のなかまではみとおせない。まして、この種の痴情事件が政治と社会の動向を左右するとは誰にも予測できなかった。

夫人が殺されてからちょうど1週間後に亡くなった公爵は、ただちにパリ南部の墓地にほうむられた。が、そこは歴史に名をのこす一族の墓所ではなく、印となる十字架もたてられなかった。キリスト教徒の場合には自殺者にたいする当然の処置なのだが、秘密裡にとりおこなわれた埋葬が噂に噂をよんだ。公爵は一般の犯罪者のように拷問をうけて自白させられたわけでなく、ギロチンさえまぬかれて、ロンドンでのうのうと生きている……。一般市民ならたんなる痴情事件ですむ話が、結局は政権の腐敗堕落を象徴する事件になってしまった。登場人物の重みには不足がないものの、これはやはり三角関係のもつれを原因とする夫婦間の争いなのだ。そこにあえて歴史的意義をもとめるとしたら、**夫人も愛人もだまってひきさがらなくなったことによって、男中心の建前の社会（ホモ・ソーシャル）に裂け目がはいったというところだろう。**

第七章　第2共和政の狂騒

溶岩の噴出

文体の歯切れのよさは第1作につうじるとはいえ、2月革命後の混乱した政局を批判した『革命』は、文学史的にも思想史的にも位置づけのむずかしい作品である。この作品のあつかう時と所は2月革命直後のパリ。政治と社会のはなはだしい混乱のなか、ジェローム・パチュロが革命の大義を現状にそくして批判するという設定である。第一章で簡単にふれたように、『革命』は2月革命を批判的にみる立場から書かれている。その点で数多くおこなわれた同時代の史書とは性格を異にしている。党派性が薄くジャーナリスティックな感覚できりとられた革命史の記述とくらべて、史料的な価値が少ないとされても仕方ない。

共和派としての視点をうちだしつつも冷静に事態をみすえようとしたダニエル・ステルンの『2月革命史』[1)]、あるいは在仏オーストリア大使館の秘書官ロドルフ・アポニイによるパリ政界と市井の観察記録『革命からクーデタまでの歴史』[2)]は、いま目をとおしてもなまなましい同時代の証言にひきつけられる。臨時政府の閣僚でもあったルイ・アントワーヌ・ガルニエ＝パジェスの『1848年革命史』[3)]、王党派的な感覚で書かれた第3共和政期の歴史家ピエール・ド・ラ・ゴルスによる『第2共和政史』[4)]とよみくらべても、レーボーの『革命』の民衆蜂起の背景をみる視点は公平とはいえない。ただしかし、共和派ジャーナリストであるレオナール・ガロワの『1848年革命史』[5]をふくめた同時代人の記述には、現代でも共感できるところが少なくないものの、革命勢力のなかの穏健派も急進派も一緒くたにして理想主義的にとらえようとする悲壮な調子が気になる。『革命』は、アメデ・カムの挿画でしられる『お笑い第2共和国議会』[6]と共に、皮相な見解の代表とされているようだが、ステルンやガロワによる人物評を客観化する手がかりをあたえてくれる。

とはいえ、2月革命に遭遇する前とくらべて『革命』では原作者の政治社会にたいする見方が大きくかわったことは否定できない。主人公の行動にも、かつての軽やかさと無責任さがうしなわれている。革命後の事件をひたすら客観的に記述したいのだが、それにつけても愚痴のひとつもこぼしたくなるといった風情である。『冒険』と『政界』の読者は、主人公の軽率な行動を笑いながら、思いもかけない筋の展開に胸をわくわくさせたものだが、『革命』ではジェロームの保守化した見解を聞かされたあげく、陰惨で面白くもない政治と社会の状況をみせつけられる。その場にあっては希望のかけらもないというところに歴史家としては逆に真実味を感じるのだが、同時代の読者としては辟易させられるというのが偽らざるところである。

ジェロームはあえて時流にさからってでも自分の理想を実現したいという。その意気ごみは買えるのだが、政治が駄目なら社会も駄目という彼は、自分が**社会変革の側に属するべきか、それとも旧習にならって生きていくべきか、**判断しかねているようなのだ。2月革命勃発前すでに、政府の交替は必然としながら、同時に社会の滅びを予期していた彼の述懐にはほろ苦いものが感じられる。まずは、その声に耳をかたむけてみよう[7]。

ひたすら自分の周囲に目を向け、あるがままをうけいれるのです。悲しき自己防衛、暗い未来予知なのですが……。不幸や貧困、虚妄や腐敗を追放できない社会もまた、いずれ崩壊するでしょう。私はその葬式のための喪章を、心に用意していたのです。(『革命』§1、以下この章では『革命』の該当する章をアラビア数字でしめす)

的確かどうかは別として、ジェロームのかんがえたことをそのまま記録するという形で、原作者は彼なりの視点からする時代批評を述べている。そうした構えは『冒険』や『政界』の趣旨をひきついでいる。そもそも1789年のフランス革命と比較すると、1848年に勃発した2月革命の歴史的位置づけ自体が21世紀のいまもって微妙なのだ。大革命ほど詳細に、かつ希望をもって48年革命がとりあげられることはなかった。まして、それを現代の政治文化の原点として評価するといった姿勢で書かれた史書は少ない[8]。2月革命がフランス革命の二番煎じにすぎないという見方は、時事問題を論評するときの一般的な態度である。そうした言葉を、歴史そのものの評価として採用するわけにはいかない。創作の面白味を犠牲にしたとはいえ、同時代の緊急課題を論ずるときの原作者の立脚点として、『革命』の位置を明確にしておきたい。

最初に確認しなければならないのは、ジェロームはみずから**「昨日の共和派」**を自称していることである（『革命』§1）。この呼称は革命の前と後で政治的態度をかえなかった志操堅固な者という意味であり、革命後に雪崩をうって共和主義をとなえるようになった無節操ともいえる**「明日の共和派」**に対応している。昨日にたいして明日という言葉をあてるが、夜があけたら王党派から共和派に衣替えしていたという印象もある。事件の前と後という対比が目的なのであって、明日という言葉はけっして将来を展望するという意味からきているのではない。妻マルヴィナの懸念にもかかわらず、夫ジェロームは7月王政下において共和派への支持表明をはばからなかった。ところが現に革命がおきてみると、新体制のもとで田舎の県の閑職を維持することすらできない。誰しも時流をみきわめて、できれば無事に政治的混乱をのりきりたいのだ。

一家4人が食べていくためには、職をうしなったままではいられない。そこで、ジェロームは昔のつてをたよって上京する（『革命』§2）。彼がパリの都で目にしたのは、7月王政期とかわらない猟官運動と、尊大な臨時政府の閣僚たちの態度（**図7A**、臨時政府の顔ぶれを

図7A　臨時政府の閣僚たちの集合図

次項7B①～⑧の戯画と比較していきたい)。街角には赤旗がひるがえり、武装した労働者がたむろする。待ちぼうけを食わされた大臣執務室の控えの間《ま》で、クラブ活動家をよそおって旗をうちふるい太鼓を鳴らして座興めいた一場を演じてみても、しょせんは空しさがつのるだけ。たまたま旧知のオスカルと出会い、その線から働きかけようとしたが、これも徒労におわった。

臨時政府の高官

臨時政府の閣僚に直接不満をぶつけるにしても、まずは新しい政治の動向をしっておかねばならない。そこでジェロームは、『冒険』に登場する友人マックスを思わせる外務省の局長に会いに出かけた。この高級官僚は畑違いの外交を管掌して、あたかもヨーロッパの命運を自分が手中にしているかのように中欧情勢を分析してみせる。ところで、パリの職人的労働者たちのあいだでも不思議と外交問題に関心があつまって、民衆クラブではポーランド民衆との連帯をうたう政治スローガンが声高にさけばれていた。ポーランドを支配しているロシアはもちろんのこと、オーストリアやプロイセンの絶対君主など物の数ではないという意気ごみである。

『革命』の挿し絵に描かれた臨時政府の大立て者たちは、うつむき加減でためらいがちでさえある。突然のように政権が手元にころがりこんできた共和主義者の閣僚たちは、パリ民衆ほど外交面で楽観的ではなかったようだ。それでも、おのれの才知を頼みとする人たちであるだけに、血統による君主たちを軽蔑する傾きがあった。百科事典『19世紀ラルース』の執筆者は、パチュロ物を風俗批評としては高く評価しながら、政治問題にたいする原作者の態度がいい加減だと難詰する。とりわけレーボーが『革命』で臨時政府のメンバーに容赦のない批判をあびせる部分に眉をひそめる[9]。

あいつは風神アイオロスの琴のように、風の吹きようでどうにでも鳴る男……、こいつはいつも夢見心地で政府の威光を増すことしか頭にない奴……。ある閣僚は天体の運行ばかりをかんがえているので地上の革命は理解できっこない……。年甲斐もなくしゃしゃり出てきた老人は妙に血色が良いので、スマトラ島の住民なら塩、胡椒したうえにレモン風味を添えて食ってしまうに違いない……。

ここでいう「風神の琴」は、外相に就任した詩人ラマルチーヌ（図7B①、図4B③も参照）、7月王政期なかばから代議士になっていた

図7B①　外相ラマルチーヌ

が、先にみたように雄弁家でとおっており、2月革命ではブルジョワと民衆の連帯の象徴とみなされた。パリ市庁舎のバルコニーに立ち、赤旗を国旗としてみとめさせようとする蜂起民衆の前で、あくまで三色旗をフランスの象徴とすることにこだわった演説は有名である。48年4月の総選挙のころが政治的名声の絶頂期で、あわせて10県から選出され、翌5月には憲法制定国民議会（以下、制憲議会と略す）がえらんだ5人の執行委員の筆頭に名があがった。しかし、せまりくる社会革命の危機に対処する術もなく、次第に人気がおとろえて、12月の大統領選挙に立候補したものの、党派のまとまった支持がえられず惨敗した。

夢見心地とあるのは内相ルドリュ=ロラン（**図7B②**）。急進共和主義のレフォルム派をひきい、普通選挙の実施にむけた対策をいろいろとねっている最中である。選挙の督励のため地方の県に2次にわたって派遣された政府

図7B③　陸海相アラゴ

図7B②　内相ルドリュ=ロラン

委員は、このルドリュ＝ロランから辞令をうけていた。とくに後のほうの上席委員は、彼の息のかかった急進派のメンバーであり、その代表がマルタン＝ベルナールだった。天体の運行と地上の革命は、原語では同じくレヴォリューションとなる。陸軍大臣と海軍大臣をかねた天文学者フランソワ・アラゴ（図7B③）は、決済をもとめる下僚にたいして、「きみ、それは陸軍のことかね、それとも海軍のことかね」と頓珍漢な受け答えをする。食人種の餌食たるにふさわしいとされたのは、首相格としてむかえられたジャック・シャルル・デュポン・ド・ルール。大革命の生き残りで相当な年齢であるにもかかわらず血色がいいので、彼をみた人は思わずかぶりつきたくなったのだろう。

これ以外にも、大蔵大臣のガルニエ＝パジェス（図7B④）は財政の素人のくせに増税案を提出して大失敗、リュクサンブール委員会を主宰するルイ・ブラン（図7B⑤）は

図7B④　蔵相ガルニエ＝パジェス

図7B⑤　社会問題担当ルイ・ブラン

背が低くてまるで子供みたい、法務大臣アドルフ・クレミュー（図7B⑥）にいたっては、これほど醜い顔はみたことないとまでいわれて、さんざんである。クレミューはユダヤ系のフリーメイソン活動家で、70年の救国政府でも同じ地位につき、ユダヤ人の地位向上につくした自由主義陣営の大物である[10]。たしかに、レーボーの口ぶりはとても上品とはいえないが、時の政府を批判するにあたって、閣僚の精神的あるいは身体的な短所をあげつらってはいけないという決まりはない。それどころか、すぐそれとわかる特徴を失政とむすびつけて拡大してみせるのは批評家の特権ではないか。逆に、これまで一般の史書におこなわれてきた臨時政府の高官たちの、あまりに理想化された姿こそが問題なのだ。

ただし、右の引用部分はジェロームの言葉ではなく、彼が政権への手づると期待した旧友、例の外務省の局長が吐いた台詞ということになっている。すでに若年のおりから品性をわきまえていたジェローム自身は、甲羅をへたことでもあるし、他人を批評するときには十分に道徳的な配慮ができるのだ。しかし、人生の酸いも甘いもかみわけたはずの彼だからこそ、急進主義者や社会主義者の主張には露骨に

図7B⑥　法相アドルフ・クレミュー

反発する。そもそもが、48年人（カランチュイタール）はのちに「昔の髭」（ヴィエユ・バルブ）などとさげすまれたものだ。第3共和政期の政治家・知識人は、髭と理論ばかり立派で実効ある政治改革ができなかった先人たちを、政治改革の悪しき先例とみなした。『革命』の記述は48年人を実態以上に虚仮《こけ》にしているとはいえ、時代に先んじた批判だったといえなくもない。

48年人のなかで、現代においてなお敬意を表されている数少ない人物がヴィクトル・シュルシェルである（**図7B⑦**）。植民地の黒人解放に尽力したおかげで、当時の政治家としてはただ一人、1948年に遺骸がパンテオン入りしている。とはいえそうした歴史的経過も、第2次世界大戦後の植民地の動揺をおさえる意味でなされた政治的アリバイ工作としたら、パンテオンに眠る他のフランスの偉人たちも白けるだろう。真っ正直なジェロームはシュルシェルを、有色人種にたいし、あるいは国内の民主主義勢力にたいし「いらざる妥協をした」として忌みきらう。山

図7B⑦　黒人奴隷の友シュルシェル

岳派の指導者たちも、またしかり。素朴な労働者をたぶらかして自派にとりこみ、政権をのっとろうとしているくせに、パイプをふかしながら議論するだけの輩として、「ラ・レフォルム」紙の主筆フェルディナン・フロコンをこきおろす。いささか遠慮がちではあるが、『冒険』を世に出すのに尽力した「ル・ナシオナル」紙の元編集長マラストも、『革命』ではその尊大な態度が揶揄されている（図7B⑧）。

図7B⑧　ナシオナル派のマラスト

普通選挙

臨時政府の成立にかんしては、パリ市役所のバルコニーに立ったナシオナル派とレフォルム派の面めんにくわえて、社会主義者のルイ・ブランと労働者代表のアルベールが顔をならべていることの意義を評価するのが常である。しかし、政治的見解の如何を問わず、閣僚たちの図像では過度の理想化が目だつ。当時の人びとが目の当たりにしたのは、以上に紹介したレーボーと戯画家の筆による描写のほうであることを信じて疑わない。

文中に挿入された小さな図版（ヴィニェット）も、ある意味で2月革命後の政治史の見直しをせまる。そのなかのひとつに、文部大臣イポリット・カルノをかこんで、左右に哲学者のシャルル・ルヌーヴィエとサン＝シモン主義者のジャン・レーノーが立つ図（**図7C**）がある。共和主義の理念をおしすすめて、保守派を反対陣営においやってしまった１８４８年の文部省の改革派３人組である。カルノは革命期の公安委員会委員で「勝利の組織者」とうたわれたラザール・カルノの次男にあたり、サン＝シモン主義に共鳴して、早くから共和主義的教育の必要をうたっていた[11]。レーノーは鉱山学校に在学中からミシェル・シュヴァリエとあいしり、サン＝シモン教に深くかかわった。その後『19世紀百科事典』の企画にくわわったが中途で挫折、48年の臨時政府で文相カルノの右腕となる[12]。新カント派の哲学者ルヌーヴィエは、認識の根源を人格と人間の関係性にもとめた結果として世俗教育の重要性をとき、第3共和政期に大きな影響力をもった[13]。

カルノは6月事件のあとすぐに退任をせまられる。地方の名望家はこと教育改革にかんしては敏感であって、次代の社会変革の芽をつぶそうと躍起になった。パチュロ家の跡取り息子アルフレッドは、ギ

図7C　文部省の改革派三羽烏
左からレーノー、カルノ、ルヌーヴィエ

リシア語作文で優秀賞を得たことがみとめられ、カルノが発足させた行政学校（エコール・ダドミニストラシオン）に入学して意気軒高。この学校は名だけでなく理念の上でも、第2次大戦後に設立された国立行政学校（ENAの略称でしられる最高学府）の先駆といえる。アルフレッドは文相じきじきの呼びかけにこたえ、勉強そっちのけで共和政にもとづく憲法の私案をひねりだした。ところが、母マルヴィナに条文をいちいちこっぴどくけなされ、心中の革命の炎も自然としずまってしまう（『革命』§5）。

『冒険』に始まり、『政界』から『革命』へとひきつがれた物語の持続性をささえるのは、やはりマルヴィナの確固とした存在感である。行動力に裏うちされない妄想癖をもつ夫は、社会改革の理想を頑固に奉じている。それにはひと言も文句もつけず、ひとまず夫の心持ちは棚上げして家運復活の機をうかがう。革命が

図7D①　粉引きシモン

図7D②　代議士シモン

地方に波及すると、さっそくジェロームをパリにおくり出し、新政府の幹部に面会させる。そうしておいて、自分の息のかかった候補者として、目に一文字もない粉引きシモンを総選挙に立候補させ、首尾良く当選を勝ちとる（**図7D①**）。そのシモンが代議士になった途端に無遠慮にふるまい忘恩の挙に出ると、夫にたいするのと同様のきびしい態度で接し、自分への忠勤をちかわせたのだった（**図7D②**）。昔とった杵柄とばかり、マルヴィナは**青鞜派の女性クラブ**（共和主義婦人協会を揶揄したのだろう、**図7E**）の集会に顔を出し、彼女独特の威厳にみちた態度で混乱した議場を制する。ただし、「女には守るべき家があるでしょう」というその言葉に、いまどきの女性読者はがっかりさせられるかもしれない。しかし、この言い条は彼女の本音をしめしたものとは思えない。48年革命の動向もふくめて男性のエゴが極限まで高まった時代に、一人の女性として世間にたいしても自分にたいしても誠実に生きるには、他にどのような方法があったのか。何はともあれ、マルヴィナは物語の進行役であり、けっして自分が矢面に立つような真似はしない。**見通しのきかない男たちをあやつって、自分の意志を実現させていくタイプ**である。

それにくらべると、『政界』ではマルヴィナと不倫の

図7E　女性クラブ

関係をにおわされたほどのオスカルは、『革命』ではまことに間抜けな役を演じたものだ。彼はパリで立候補したのだが、いかなる支持基盤ももたなかったから、党派的信条にひきさかれた首都での当選はおぼつかなかった。首都を始めとして主だった都市の選挙では、あらゆる党派が臨時政府の閣僚を被選挙者名簿の先頭におしたて、その末尾に自派の候補の名をさりげなくそえるという戦術をもちいた[14]。自他共にゆるす臨時政府の大立者ラマルチーヌが同時に複数の県で選出されたのは、そうした事情による。のちに大統領になるルイ=ナポレオンが補欠選挙に出馬したときも同様のことがおこった。シモンが単独候補で勝利できたのは、事前の根回しが奏功して、県庁を味方につけたからだ。

『政界』のときとは違って『革命』では万事後手にまわるオスカルは、たとえば芸術家仲間を後援者にひきいれることもせず、ただ「民衆の味方」を連呼するだけ。オスカルの人柄や性格は別として、普通選挙という政治作法では、もはや個人の美質や信条が問われない。きちんとした綱領をもつ政党が不在のまま政党政治が始まり、しかも選挙権はあまねく成人男子にあたえられた。そこが1848年4月以降の政治の動向を押さえる勘所である。たんに反動化の過程というだけでは社会の深層、すなわち出来事の真相はみえてこない。新しい政治作法を身につけていないオスカルは、政治状況の思わぬ展開によって手痛いしっぺ返しをくらう。6月事件の前哨戦となった5月15日のデモ隊にまぎれこんだ彼は、暴徒とともに市庁舎になだれこみ、労働者政権の首領に祭りあげられる。「わずか30分という短いあいだにしても、一国の首班とよばれてうれしかった」と述懐するあたり、まことに無邪気なものだ[15]。ところが、すぐに反撃に出た政府当局においつめられ、市庁舎の地下室から決死の逃避行とあいなった。パリの地下世界をめぐる『レ・ミゼラブル』の再演としても、まことに不出来な演出である（『革命』§9）。

2月革命は前世紀の大革命を上回るような勢いで始まった。しかし結局は、いっときだけ夜空を焦がす花火のように無残にくだけちってしまう。革命前に選挙権が問題になっていただけに、いったん普通選挙が実施されてしまえば、もはや政治革命の課題は後景にしりぞいてしまう。政治課題にかわって社会変革の方向性と速度が問題になっていた。革命が真の社会変革にいたらなかったのは、労働問題への政治（攻める側と守る側の双方とも）の対応の誤りが原因である。

第八章　近代の黙示録

幽閉者と軟禁者

19世紀前半はフランスの秘密結社の黄金時代でもある。イタリアから南仏にかけて勢力を張ったカルボナリ党がその先駆けとなった。祖師サン＝シモン亡き後、仲間をとりまとめてサン＝シモン主義者協会をたちあげたアルマン・バザール（第一章で名だけふれた）は、カルボナリの流れをくむ共和主義者だった。秘密結社が叢生した背景には、経済活動が活性化したことによる労働者の意識の高まりもある。ただし、これは世紀後半の大規模労働の連想でとらえてはならず、あくまで小規模経営の熟練労働者を中心とする。リヨン絹織物工（カヌート）の運動はその代表的なものである[1]。しかしそれだけに個別の労働者の意識は高く、とくに印刷出版にかかわる職工の政治意識はブルジョワ知識人の上をいくものだった。また、革命とナポレオン戦争の記憶がのこるなか、みな銃器の扱いになれていたということをわすれてはならない。

19世紀フランスの国家権力が同時代人の目にどのように映っていたかをしるには、政治犯として過酷にあつかわれた人びとよる言及のほうが真実に近い。しかし、政治的に迫害されたからといって、彼らを英雄の座にまつりあげてしまったのでは、社会的権力の実態をみのがしてしまう。7月革命直後の時期には、オルレアン王家に反対する共和主義者の攻勢がきびしく、当局側も手をやいた。風刺画家もふくめた言論人は言論弾圧と多額の罰金で封じこめることができたが、直接行動をうたう活動家は手ごわかった。1830年代初期には、大革命の記憶をよびさます「人民の友協会」（ソシエテ・デ・ザミ・デュ・プープル）があり、これには医者でもあるフランソワ・ラスパイユ（**図8A①**）が深く関与していた[2]。フィエスキ事件のマレーがかかわった「人権協会」（ソシエテ・デ・ドロワ・ド・ロム）は、共和主義者とパリの熟練労働者の接点となり、32年のラマルク将軍の葬儀にからんだ蜂起にさいして不特定多数の参加者に武器を供給したようだ。しかし、9月法によって強権政治が復活すると、過激な政治活動も地下にもぐることになる。

図8A①　フランソワ・ラスパイユ

革命家オギュスト・ブランキ（図8A②）の父ジャン＝ドミニク・ブランキは、大革命以前はイタリア領だったニース（フランス領として確定したのは第2帝政期）出身で、国民公会の議員となりジロンド派に属した。オギュストはその次男で、学生時代からカルボナリに参加して秘密結社の組織原理を身につけた。人権協会が解体されたのちの34年、ブランキは盟友のアルマン・バルベス（図8A③）とともに「家族協会」（ソシエテ・デ・ファミーユ）を結成する。20名以上の結社を禁止する法律の定めに応じて、ひとつの「家族」は5名からなり、おたがいの連絡は必要最小限とされた。これが9月法の規定にふれて36年に逮捕されるが、恩赦をえて自由の身になるとさっそく「四季協会」（ソシエテ・デ・セゾン）を結成する。同協会の組織は、日・週・月・四季と暦法を下から上へとのぼっていく。構成員が連絡をとるのはすぐ上の所属長だけで、本来ならば末端の活動家から頂上に追求の手がおよぶはずがない。だが、組織の頂点に当のブランキとアルマン・バルベス、そしてマルタン・ベルナール

図8A②　オギュスト・ブランキ

の3人、すなわち頭文字をとって3Bとうたわれた指導者がいることは衆目の一致するところだった。39年に四季協会の名による蜂起が失敗してとらえられたブランキとバルベスは、42年にモン・サン＝ミシェルの国家監獄（いまは世界遺産となった陸繋島の中心にある中世の修道院）からのがれようとして失敗した。そのため、さらに条件の悪いベリール島におくられたのだった。

図8A③　アルマン・バルベス

　ブランキ自身がつたえるベリール島脱出の模様を次に紹介しておこう。この島はブルターニュ半島の南側沿岸部にあり、大量の囚人を一時的に隔離するためにもちいられ、ときには海外流刑地への中継地点とされた。たとえば後述する1848年の6月事件で逮捕され、流刑の判決をうけた人びとがこの地にとめおかれ、やがてアルジェリアにおくられている。ブランキにかんする史料を発掘したのは、社会主義者で第4共和政下に代議士になった歴史家アレクサンドル・ゼヴァエスである。ゼヴァエスによれば、ブランキは次のような行動指針を旨としていたという[3)]。

敵の手に落ちた革命的戦闘分子（ミリタン）は、自由を回復するために全力をつくさなければならない。四面を壁にかこまれているのとは違い、自由であることが思想と党派をまもる最大の術である。あえて当局に抵抗し自由をたたかいとるという過程をふまえないことには、そもそも戦闘的な姿勢をしめせないではないか。

そこには秘密結社の長たるにふさわしい複雑な心理と行動の原理が表明されている。彼にとってまもるべき自由と党派は、実際のところ国民国家の像を裏焼きしたようなものなのだろう。1848年の2月革命によっていったん釈放された彼は、同年5月15日の過激派による国会乱入事件の責任を問われる。翌年にパリをさけて中仏ブールジュでひらかれた裁判で2度目の長期刑を宣告され、ベリール島にまいもどってきた。ブランキのような「国家の第1級の敵」は、島内のさらに堅固に隔離された国家監獄に収容される。ところが、彼は失敗にこりるどころか、再度の脱獄の機会をうかがっていた。自由をもとめる革命家の面目躍如といったところである。ようやく1853年4月5日に、今度は単独で新月の夜をえらんで脱獄を敢行する。自身の口をとおして語られる事件の顛末はこうである[4]。

房内に人形をおいて巡視の目をくらまし、獄舎と城砦を1本の綱をつかってのりこえ、島民の小舟をたよって本土へわたるところまでは首尾よくいった。ところが、その島民が舟をこぎよせたのは…憲兵隊の詰め所であった、嗚呼。（中略）この不首尾にもかかわらず、小生は意気盛んであり、諸君の前につつがない今日の良き日を嘉するものである。なぜなら、ここに典型的な裏切り、カトリック的かつ王党的な裏切りの現実を世にしめすことができたのだから。

この脱獄劇を直接のきっかけとしてか、ブランキは国内の監獄では最悪という評判のあったコルシカ、ついでアルジェリアにうつされる。１８５９年に恩赦をうけて釈放されたが、71年には第３共和政の初代大統領におさまった旧敵のチエールによって中央監獄の雄クレルヴォーにおくられ、79年までその地にとどめられた。当時としては長命である70年余の生涯のなかばを監獄と留置場ですごした彼は「幽閉者」（ランフェルメ）と仇名された。ブルジョワの政治支配に徹底的に抵抗して、19世紀最大の政治的な殉教者となったといえる。ただし、その政治信条は集産主義（コレクティヴィスム）でも社会主義（ソシアリスム）でもなく、急進的な共和主義を基盤とした無政府主義である。最晩年にようやく自由の身になったブランキが発行した新聞の名『神なく主もなく』（ニ・ディウ・ニ・メートル）が、そうした立場を鮮明にしている。

ブランキの思想と行動は矛盾しているようにみえるが、彼が目の敵にしたブルジョワ自由主義にもとづく国家体制も、とうてい多様な価値を包摂するにたるだけの器ではなかった。フランス革命後の政権は、革命の子として強権政治の枠をはみださないことを自覚しながら、革命の流血の歴史から目をそむけ、社会的弱者や地方の名望家に政治参加の期待をいだかせてきた。結局のところ、支配者も被支配者もともに結果だけをありがたく頂戴し、そこにいたる過程を無視していたといえる。政権中枢にいたる道も曖昧でありつづけた。議会制の枠組みのなかで政治の階梯をのぼっていった民主主義者が、政権をにぎると急に独裁的にふるまうという光景がしばしばみられる。それというのも、制度設計の無理あるいは意識的な誤解による。第4共和政までひきつがれた問題点を解消するため、第5共和政の大統領にはボナパルトの名による支配にくらべられるような強い権限があたえられた。

　幽閉者ブランキと好対照をなすのがピエール・ジョゼフ・プルードン（図8A④）である。ジェロームが彼のことを酷評するのは、その存在を最も恐れている証拠である[5)]。パリの街を闊歩するプルードンは、

図8A④　ピエール・ジョゼフ・プルードン

身なりが良さそうだとみると誰でも遠慮会釈なく肩に手をかけて引きとどめ、所有にたいする悪感情を相手にたたきつける。「いつも金持ちと貧乏人だ、それしかないのか」とジェロームをなげかせるほど、プルードンの議論には曖昧さがない。それだけ強力に、人びとの理性と感情をゆさぶった[6]。

我輩は神にひとしい。造物主に他ならないのだ。神よ、汝には実体がなく、汝の説く教えは偽りである。汝の支配は終わった。これまで我輩は汝に老女や子守娘をゆだねてきた。が、今日このときから、彼女らも汝の支配からときはなとう。我輩の決意は定まった。決着はじきにつくはずだ。汝は老いさらばえた。この地上には新しい神が必要だ……。(『革命』§8)

たびたびふれてきたように、7月王政期からすでに原作者レーボーは同郷のチエールと気脈をつうじていた。そのチエールが、なかば狂人とみなして敬遠しながらも、社会的な影響力の大きさをはかりかねていたのがプルードンだった。チエールはプルードンに対抗するために『所有権論』をあらわし、「聖なる所有権をまもるためには命をすてる覚悟である」と大見得をきった[7]。ジェロームもまた、みずからの綱領を明らかにする。人類文明の歴史を彼なりに再構成して、所有の意識が文明を推進してきたと主張し、その不可侵性を擁護している(『革命』§10)。現に第2共和政で議席を維持したレーボーは、ルイ=ナポレオンによるクーデタまでチエールと政治行動を共にする。それだけに『革命』では、労働攻勢にたいする反感が先にたち、フランスの政治社会に展望を見出せないでいる。とはいえ、時代の習俗とからめて政治文化を描くという姿勢はうけつがれている。

そのプルードンが１８４９年以降パリ市内の債務者監獄サント＝ペラジーに留置された直接の原因は、ささいな筆禍事件にすぎない。6月事件を鎮圧し、執政長官となって全権を掌握したカヴェニャック将軍（**図9B**を参照）は、出版検閲法を制定するなどの強権を発動した。この法律に違反したかどで（ジェロームのモデルの一人である）ジラルダンが逮捕されてひと月ほど収監されているが、このときプルードンも訴追されたのだった。プルードンのほうはベルギーにのがれたが、その亡命中に2万人の出資者から10万フランをあつめた「人民銀行」（バンク・デュ・プープル）が破産の憂き目にあう。経済事犯を問われないよう、プルードンはむしろ帰国して政治的な理由で投獄されることをのぞんだという。巷では6月事件にさいして何らかの役割をはたしたのではないかとの当局側の疑いをかわすという目的も噂されたものだ。ともあれ、プルードンがみずから監獄入りを志願したことは間違いない。監獄が避難所と同義の時代がかつて存在し、19世紀のなかばごろまでまだそうした感覚がのこっていたことを思わせるエピソードではある。プルードンの獄中生活は１８４９年から3年間におよんだが、行動の自由はある程度保証されていた。そもそも結婚とそれにつづく二人の子供の誕生は、この期間のことなのだ。したがって収監というよりは軟禁とされるべきだろう。

ブランキ派とプルードン派は１８７１年のパリ・コミューンで主導権をあらそって、結局は共倒れにおわる。政治的な妥協をこばむ立場と、現実社会の事情にあわせた論理は、両立すべくもなかった。しかし、20世紀初頭にロシアの地におこった革命的前衛党ボルシェヴィキは、革命エリートによる権力中枢の奪取と階級闘争の理論をくみあわせ、1917年に社会主義革命を成就する。カール・マルクスはプルードンの『貧困の哲学』（1846年）を『哲学の貧困』（48年）で徹底して批判した。マルクスによる同時代批評（『フランスの内乱』などの3部作）は、混乱したフランスの政治社会を的確に論評したものだが、社会主義の実験が失敗におわるとみるや、逆にあらゆる試みを英雄的な行為として支持するようになった[8]。それはまさに、**19世紀のロマン主義がはぐくんだ反権力の意志を20世紀の社会主義にひきつぐため**だった。

民衆クラブの指導者

同時に進行する血なまぐさい政治の現実に取材しているだけに、『革命』の挿絵に描きとどめられた48年の革命家たちの姿には生なましさがあふれている。ルドリュ＝ロランに協力して急進的な政治綱領の草案を書いた閨秀作家ジョルジュ・サンド（**図8B①**）、

図8B①　ジョルジュ・サンド

急進派の隊列から警視総監に指名されて物議をかもしたマルク・コシディエール（図8B②）、それに社会主義者のエチエンヌ・カベ（図8B③）やヴィクトル・コンシデラン（図8B④）らの図像には、それぞれの主張を裏づけるような人格的な特徴がうかがわれる。サンドは小太り、コシディエールは飲んだくれ、カベは専制的、コンシデランは夢想家……というように。

　とくにコシディエールやバルベスの印象が歴史に定着するさいには、この『革命』の挿し絵が決定的な役割をはたしたものだ。画家の元絵を木口版画にしあげた職人が、彼らを熱烈に支持していたに違いないと思わせる迫力がある。運動史や思想史はルイ・ブランやブランキに重点をおくだろうが、パリの民衆にたいする人格的影響力ではコシディエールとバルベスのほうが圧倒的な力をも

図8B②　マルク・コシディエール

図8B③　エチエンヌ・カベ

っていたということだ。挿絵から当時の状況をよみとることのできる好例である。最初から臨時政府部内の動揺をさそったのが、警視総監コシディエールである。こちらは人権協会の反乱以降、ずっと当局にマークされていたこともあって、有産階級からは「泥棒に泥棒をとりしまらせるようなもの」と非難された。5月15日におきた諸クラブの国会乱入事件直後に解職され、本人はそうそうにイギリスに亡命したものだ。

ところで、ブランキやバルベスといった直接行動を旨とする革命家をとがめる以上に、原作者レーボーはカベ、コンシデランら社会主義者の態度をきびしく非難する。コンシデランが代表するフーリエ派には、かつて流行したサン＝シモン派以上に神秘的な側面があった[9]。たとえば、挿し絵には「尻尾の先に目玉をつけた普遍主義」という題がつけられている。国民経済の繁栄をねがう立場からすれば、あまりにロマン主義的な1848年の社会主義者たちの主張には賛同できなかったのだろう。アメリカ合衆国のテキサス州に理想の共同体をつくろうと世人によびかけたカベは、もともと法曹畑（検察官僚）

図8B④　ヴィクトル・コンシデラン

の出で、自己中心的で尊大なところがあった。理想社会の実験そのものも、もっぱら個人的な資質のゆえに失敗したとされる[10]。

とりわけ特徴的な姿かたちで人目をひいたのがピエール・ルルー（図8C）である。ルルーはジャコバン路線の流れをくむ急進主義者や社会主義者とは一線を画したジャーナリストだった。パリ民衆には一定の支持基盤があり、48年制憲議会で諸クラブの候補者リストにかかげられて当選し、49年立法議会でも議席を維持した。いかにも独立系の活動家らしく、髪はのばし放題、トレードマークとなった外套を無造作にはおり、異様な姿で議会にのぞんだものだ。見かけとは違って理論家肌で、社会主義は当然のことながら、資本主義という言葉とその内容を規定したのは彼だった[11]。

『革命』の狂言回しとして重要な役割をはたすのは、ペルシュロンとコントワの二人の労働者である。

図8C　ピエール・ルルー

5月15日におきた民衆クラブの国会乱入事件のおりに、お調子者のオスカルをいただいて市庁舎を占拠したのがペルシュロン。その名は、ルイ＝ナポレオン（第2帝政のナポレオン3世）の異母弟にあたる陰謀家ペルシニ公爵をあてこすったものだろう。他方、フランス東部のフランシュ＝コンテ出身者という意味の名であるコントワは、気はやさしくて力持ちという好漢で、当時の労働階級の典型としてつくりだされた人物だろう。国立作業場の労働者仲間から信頼されているが、こちらもペルシュロンにそそのかされて6月事件にまきこまれ、致命傷を負ってマルヴィナに最期をみとられるという悲しい定めのもとにある。

国立作業場はルイ・ブランが社会作業場として構想したものを実現するはずだった。現代ふうにいえばワーク・シェアリングの発想で、生産性があがらず雇用機会もとぼしい時期にはふさわしい授産施設である。ところが、現場の責任者の念頭には、旧来の**慈善作業場**（授産施設の起源）しかなかったようだ。後世の史家の評するところによれば、ルイ・ブランはあまりに国家の役割を重視しすぎていたということになる[12]。徴税機構や行政全般にわたる国家そのものの力量が、20世紀の福祉国家の段階にまでいたっていないのは当たり前である。臨時政府の右派を代表して公共事業相の座をしめたピエール・トマ・マリーは、国立作業場の運営に冷淡で、まともな仕事を労働者にあたえなかった。大臣マリーの意をうけて現場で采配をふるった技師エミール・トマは、国立作業場の歴史を書いたときにも、積極的に怠業（サボタージュ）したことをほこっているほどである[13]。『革命』（§3）にも、広場の地ならしとか砂利採取、あるいはジャガイモ掘りといった手間仕事しか労働者にはあたえられなかったと書かれている。ここぞとばかりペルシュロンが不満気な労働者を煽動するが、人望のあるコントワがその場をおさめ、一行は郊外の種苗業者のもとへ街路樹の苗木をうけとりにいく。その帰り道、城壁外のカフェ（ガンゲット）での昼食の模様と、一行が大事な苗木をぞんざいにあつかうところなどには、原作者がそうした光景を目にしたこともあっただろうと思わせる現実味がある。

しかしながら、この描写はやはり悪意ある中傷といわざるをえない。圧倒的な競争力をもつイギリスの輸出攻勢にさらされて初期工業化の段階をぬけ出せないでいるフランスの労働者の世界は、ふたつに分裂していた。一方に、奢侈品をあつかう高度に熟練した職人的労働者（アルチザン）がいる。他方では、食いつめて農村から都会に出てきた国内移民第1世代の非熟練労働者（ウヴリエ）がおびただしい数にのぼっていた。クラブ活動家の指導のもと、政治的な意識が高い熟練労働者が結集し、そこに非熟練の労働大衆が合流するのが、政府の最も恐れる蜂起のシナリオだった。国立作業場の廃止が決定された6月21日には、首都に移住して3か月以内の人びとにたいして退去命令が出されている。こうした措置ばかりは、文明の最先進国というより、現代の第3世界での首都への大量の人口集中を想起させる。保守化した政府のとった措置も、ほぼ同時代の江戸で施行された所払いと同じである。とはいえ、熟練労働者と非熟練労働者には対応の違いがあった。そうした事情は、ペルシュロンのやり口に異議をとなえる金銀細工師の言葉からもうかがえる。この金銀細工師の組合というのが、生産協同組合（アソシアシオン）

でただひとつ長続きした。労働権（ドロワ・オ・トラヴァイユ）が臨時政府のみとめるところとなって、生産の組織化、いわゆるアソシアシオンの結成に補助金が出ることになった。協同組合の大部分がわずか1年間のうちに崩壊したのだが、金銀細工師のそれだけが第2帝政期まで生きながらえた[14]。

6月事件

『革命』では6月事件の概要が粉引きから代議士になったシモンの目と口をとおしてつたえられる。田舎の水車小屋を手代にまかせきりにして、パリでの生活を楽しんでいるかにみえた彼だが、党争の渦にまきこまれ、国会の審議にもようやく倦《う》んできた。地方でも、貧民のための政治というかけ声ばかりが先行して、臨時雇いの小僧のわがままさえおさえられないと手代が手紙をよこす。無教養の代議士先生にたいして小僧が労働者の権利を主張する、とんだ逆さまの世界が現出したものである。そのシモンは政治と社会の理屈が交錯する現場にたちあって、むしろ志願する形で市街戦の現場に出向いていく。彼には政治の理屈はわからないが、社会のあるべき関係は〈からだ〉にしみこんでいる。腕に覚えがある職人の気質というものは、はたらかずして多くをのぞむという態度をいさぎよしとしない。たとえ保守的といわれようと、昔からそうしてきたのだから、彼にはそのやり方を変えようがない。

シモンの目には、パリの職人的労働者が、はなから矛盾にみちた存在とうつったに違いない。彼らが生産のあり方を民主的に改革しようとするなら、親方と徒弟の主従関係を解消せざるをえないはずである。すると、世代をこえてうけつがれてきた手練の技もすたれてしまう。もともと、民主的な共和国の担い手を自負するパリの職工たちの手になる商品は、ヨーロッパの他の国の君公や金持ちを大の顧客としていた。ところが消費者としての職工は、商業流通の過程での暴利をにくみ、借家の家賃の値上げをきらって家主を敵とみなした。資本主義的な生産と消費のあり方にも懐疑の目をむけていた。経済的な規定にてらすと、工場制生産の対極に位置する小作業場で作業する熟練労働者ということになる。そうした範疇に属する人びとの政治的な選択は、小ブルジョワ的な急進主義と見分けがつかなくなるのが落ちだ。

そうした政治選択の矛盾を何よりも雄弁に物語るのが、オスカルがまきこまれた5月15日事件のおりに蜂起民衆によってさけばれた、ポーランド民衆との連帯というスローガンである。クラブの指導者たちは国会の演壇から檄をとばした。「民族独立の悲願が専制帝国ロシアにおさえこまれ、民衆は塗炭の苦しみにあえいでいる。」48年の真正のジャコバン主義者といえるブランキ自身は、ポーランドのことなどどうでも良いと思ったわけではないだろうが、さしあたり2月革命後のフランスの政治情勢を左右するものではないとふんでいた。それでも他の連中にかつぎ出され、しぶしぶ同様の趣旨の演説をした。すべてが当局のスパイの差し金ともいわれるこの事件の結果、クラブ指導者の活動は封じこめられてしまう。国立作業場の閉鎖が宣言されたあと、パリの職人労働者の勢力は指導者不在のまま蜂起につっぱしった。蜂起といっても、自分たちから討って出て、たとえば国会を占拠するというような行動のパターンはむしろ例外である。バリケードをきずいて外からの侵入をはばみ、自分たちの生活の場をまもるのだ[15]。敵は急進的なパリ人をにくむ保守的な田舎者からなる軍隊、それを指揮するのはアルジェリアを制圧した血も涙もない将軍たち。敵意にかこまれて不安をつのらせ、いよいよ襲撃されたから自衛したまで。それが、言い訳ではなく彼らの本音だったろう。

一方、鎮圧した側はどうかというと、社会の論理よりも政治のそれを優先させたものといえる。ブルボン王家につながる正統王朝派は土地、また7月王政を支持したオルレアン派は動産とむすびついている。力点の置き方こそ違え、所有権の擁護に躍起であることにはかわりはない。しかし両派とも、革命直後のことで軍をうごかす力をもたず、穏健共和派にすべての問題の処理をゆだねざるをえない。リベラルな共和主義者がこだわるのは、社会的な矛盾を前面に出さず、すべてを政治的に解釈して、保守派を封じこめること。ところが実際には、そうした態度によって自分たちの政治的選択をみずからせばめてしまった。いまや独裁体制をきずくしか、この状況を突破することはできない。ところが文字どおり大革命の再版で、共和主義者はそこまで開きなおることができない。

というわけで、在来の政治的党派が後退したあとの政権は、あらためてボナパルトの名にゆだねるしかなくなる。貧富の差にひきさかれ、すべての政治勢力からみはなされた「社会的なるもの」の救済に、ルイ=ナポレオンは熱心であるようにふるまった。彼の意図や実現された政策にたいする評価は、ここでの課題ではない。政治の理論が破綻し、社会の矛盾が露呈したときに、ボナパルトか、あるいはそれに似かよった、粗野なまでに実行力を売り物にする政治家が台頭するのだ（図8D）。

6月事件後の国会における憲法審議で主導権争いを演じたルイ・ド・コルムナンとラムネが描かれた図（図8E）がある。若き日のラムネは民衆のための信仰と医療に力をいれ、過激な活動のために投獄されたこともあった。微量でよくきく同種療法の万能薬の宣伝家として、『冒険』にもその似姿が登場する（図3Bを参照）。そのラムネが今度は法律家に変身し、中世の騎士よろしく憲法私案を楯、ペンを槍の代わりとして、コルムナンとたたかっている（『革命』§6）。ともに共和政の立法者として歴史に名をのこそうという構えは、アルフレッドの熱狂ぶりと大差のない子供じみたものである。二人は議会での憲法審議に入る前に、それぞれの息のかかった新聞に内容を発表していた。アレク

図8D　ガヴェニャックとルイ=ナポレオン

シス・ド・トクヴィルの回想録にも、議会内にもちこされた両人の確執が描かれている。気短なラムネのほうが先に嫌気して退場し、案文はコルムナンがしめした方向でまとめられた[16)]。共和政の軸となる一院制の議会に信をおかず、その議会と同じく普通選挙によって選出される大統領に強力な権限があたえられる。行政府の長たる大統領は立法府にたいして責任をおわなくてもよいというのでは、独裁に道をひらいたのも同然である。

図8E　コルムナンとラムネ

第九章　風俗作家の本領

原作者レーボー

ジェローム・パチュロという魅力的なアンチ・ヒーローを創造して、ロマン派の文豪たちと肩をならべるベストセラー作家の仲間入りをしたのがルイ・レーボーである（図9A）。その父親はグルノーブル出身で、マルセイユに出て商売で成功し、第1帝政期には商業監督官の職についている。長男ルイは、成人してすぐの1820年代に東地中海のレヴァント地方との間の交易にかかわり、遠くインドにまで出かけたことがあるという[1]。商売でそこそこの個人資産をきずくと、突如ジャーナリストをこころざし、齢30歳を目前にして上京する。やがて、ブルボン復古王政政府を批判する新聞に身を投じ、リベラルな論調で少しは世間にしられる存在となった。おりから勃発した7月革命後の新体制、オルレアン王朝の政治に期待するところ大だったが、その結末は彼の期待にそったものではなかった。政治面で意図した事柄が実現できないとみると、自由主義者の人脈を頼りに出版界に渡りをつけ、のちに新聞王とうたわれるジラルダンの活躍を彷彿とさせるような大規模な企画物をつぎつぎ

図9A　ルイ・レーボー

と成功させた。１８３０年代には海外事情やエジプト史の編纂にあたり、みずからも数多くの章節を執筆している[2]。

レーボーの文筆活動があまねく世にしられるようになったのは40年代に入ってからのこと。かねての問題意識を筆にのぼせて、社会主義にかんする論評を「ルヴュ・デ・ドゥ・モンド」誌（両世界評論）に掲載し、そこに大幅に加筆して41年に『現代の社会改良家と社会主義者』を刊行した[3]。この骨太の社会評論が学士院のモンチヨン賞を受賞、自身も43年に道徳政治科学アカデミー会員にえらばれた。パチュロ物の記述のなかでもとりわけ研究者の注意をひいてきたのがサン＝シモン教についての記述である。わすれられた著述家のような書き方をしたが、彼の著作はマルクスの用に供されたほか、同時代の多くの文献に引用されている。したがって、マルクスからの孫引きの形ながら、思想史の方面ではその名はかなりしられている。せいぜいが保守的な自由主義者といった程度の評価なのだが。

レーボーは独学の人だが、思想史的には18世紀のフランスにおこった感覚論哲学の流れをくんでいる[4]。感覚論者は基本的には自由主義者なのだが、フランス革命による社会の変化をふまえながら、ただ変化にながされるだけではいけないという。工業化の矛盾にさらされて不安のつのる社会では、人びとの内面にはたらきかける道徳的な権力をうちたてなければならないとも主張する。物質的あるいは制度的な社会基盤を整備する前に精神的な動機づけをわすれてはならないという立場が、哲学の徒である感覚論者を社会的実践にかりたてた。

現実の社会問題を解決するにはあまりに無力だったとはいえ、フランスの自由主義者はそれなりの役割をはたしている。イギリスの有識者が自助（セルフ・ヘルプ）をうたったのに似て、いたずらに**法律や規則で犯罪行為をとがめるより、道徳面の向上を重視して内面から犯罪者の人格を改造しなくてはだめ**と説いたのだ。精神生活の意味を強調すれば、性おのずから怠惰な人間でもすすんで苦行をおこなうはず、とも。実際に効果があったかどうかはともかく、社会が人間にたいする見方をかえるのに貢献したとはいえる。つまりはイギリスにおける功利主義の役割を、フランスでは感覚論の哲学がはたしたのだ。啓蒙思想の系譜のなかで、人間の感覚を重視する立場は、ジョン・ロックの悟性論やデイヴィッド・ヒュームの道徳哲学を批判しつつ、イギリスの同類よりもずっと急進的な結論をみちびいた。たとえば、五感の位置づけに優劣があり、思想も生理反応の結果であるとする。身体性を基軸にすえた人間の見方である[5]。

レーボーの授賞作では、サン＝シモン派やジョゼフ・フーリエ、それにロバート・オーウェンの独自性と限界がいち早く指摘されている。マルクスが彼らにあたえた「空想的」という評価を先取りしているともいえる。かといって、このいわゆる「初期」社会主義者にたいして同時代におこなわれた「狂信的で自堕落な集団」という見方はとらない。チャーチストや功利主義者、人道主義者やモルモン教徒にかんする記述が第2部にみられることからもわかるように、19世紀前半の「社会問題」が社会の進化に不可欠な現象であり、歴史的にも重要な課題であることを証拠だてている。

レーボーの生涯に話をもどそう。彼は1846年にマルセイユをひかえたブーシュ・デュ・ローヌ県から代議士に当選して政界入りした。2月革命後の普通選挙体制下でも、1848年の制憲議会と翌49年の立法議会でひきつづいて議席を確保している。7月王政期からレーボーは同郷人のチエールと緊密な関係にあり、『革命』では保守的な政治信条をあからさまにしめしている。ところが、党派性を鮮明にしたことが災いして、51年のルイ=ナポレオンのクーデタにより政界を引退せざるをえなくなった。ルイ=ナポレオンはやがて帝政を復活させ、ナポレオン3世を名乗る。その第2帝政が存続した20年ほどのあいだ、レーボーは政界から足をあらい、産業実態調査と労働事情の研究に専念する。絹、毛、そして綿と、繊維産業全般にわたる現状報告が執筆された。このシリーズの最後には、製鉄と炭坑という次代の機軸産業が分析されている[6]。特筆されるべきは、この最後の産業レポートに、東仏ギーズのファミリステールという、フーリエ派の共同社会についての考察がふくまれていることだ。社会改革への関心は生涯の最後までうしなわれていなかったというべきだろう。ただし、ごく狭い範囲の同志的結合の場として位置づけられたファミリステールは、産業社会の未来をささえるにたるものとみなされていない。

レーボーの著作は4つの領域に区分される。出版人としての企画物、社会思想書、パチュロ物とつづいて、最後が政界引退後の経済レポート群である。それぞれの分野とも大きな反響をよんだが、なかでもパチュロ物は大人気を博した。現代のフランスでレーボーが今後再評価されるとなれば、まず第一に社会思想にも目配りできる経済評論家としての見識だろう。それについでパチュロ物を始めとする同時代人の素描がある。こちらはこちらで著者が政治社会のどの部分に執着をみせ、またどの部分に批判をくわえているかが吟味されねばならない。

道徳と政治の科学

レーボーがサン＝シモン教に興味をもったきっかけは、弟シャルルがそれに入信したからともいう。『冒険』のそれにかんする記述は第1級の内部資料であり、明らかにこの弟の行動を下敷きにしている。シャルルも最初は家業の海外交易に従事していたのだが、7月革命後に兄をたよって上京し、いかにもリベラル派の言論人らしく、ジャコバン指導者マクシミリアン・ロベスピエールの選集を編んだりした[7]。1830年代初頭はアンファンタンと行動を共にし、サン＝シモン教徒が弾圧

図9B　エミール・ド・ジラルダン

された後は、その人脈をたよって新聞界に身をおくことになる。後半生では、おそらくサン＝シモン主義者としての人間関係の広がりのなかでブラジルとの縁ができ、当時まだ僻遠の地だったこの国の社会文化を紹介している。その妻アンリエット（旧姓アルノー）は、夫が経営陣にくわわった新聞「ル・コンスチチュシオネル」に小説を発表して成功した。義兄のパチュロ物より前を走っていたというか、つまりは先鞭をつけたわけだ。彼女の故郷プロヴァンス地方の庶民生活に根ざした穏やかな文体と慎ましい内容でしられ、とくに鉄道旅行の友として愛好されたようだ[8]。同時代の翔んでる女流作家たちとして本書で紹介したデルフィーヌ・ゲイ（ローネー子爵ことジラルダン夫人）、マリー・ダグー、それにジョルジュ・サンドらとは肌合いの違う人物だが、マルヴィナのモデルとして第一にあげられるべきである。

ここでジェロームとマルヴィナのパチュロ夫妻のモデルとなった同時代の人びとを整理しておきたい。ジェロームの有力な候補者には原作者ルイ・レーボー自身、次いでその弟シャルルが擬せられる。出版界での活躍ぶりはデルフィーヌ・ゲイの夫であるエミール・ド・ジラルダン（図9B）を彷彿とさせる。2月革命後の気迷いは、当代一の知識人とうたわれ49年の秩序党政権で外相に就任したトクヴィル（図9C）の精神の軌跡をたどるかのようだ。マルヴィナについては、したがっ

図9C　アレクシス・ド・トクヴィル

て原作者と直接間接に関わりのあった女性たち、シャルルの妻アンリエットやジラルダン夫人の印象をつきあわせたものになる。

家庭夫人におさまったマルヴィナでは物語の主人公としては物足りないから、フリビュストフスコイ夫人がその身代わりとして登場する。こちらはギゾーの知恵袋としてしられたリーヴァン夫人が念頭にあったことだろう。駐仏ロシア大使の未亡人で、大革命以降の歴史を生き抜いたタレイランの旧邸に陣取り、外交上の方策を政府要人にさずけていたとされる女性である。外交上の課題といっても、対英追従のギゾーの基本姿勢に変更がくわえられたわけではない。世論は外国人の女性が外交政策を左右しているとみなし、7月王政が窮地においこまれる要因のひとつになった。ただ一度だけジェロームがフリビュストフスコイ夫人の名をカチンカとよぶ場面がある。こちらは1840年代前半に彗星のごとくあらわれ（そして彗星のごとくさっていった）、いっとき劇界の話題をさらったカチンカ・ハイネフェッター嬢の舞台姿を念頭においたものだろう[9]。

時代は前後するが、7月王政の初期1832年に文相ギゾーの肝いりで再発足したのが道徳政治科学アカデミーである[10]。それに参加した知識人のなかで、ルイ・レーボーはルイ＝ルネ・ヴィレルメらとならんで、社会立法の必要をとなえた少数派に属する。感覚論哲学の急進主義が社会政策面にどのように反映されるかをかんがえなければならない。具体的な政策立案の過程では、それはキリスト教的な博愛主義とは一線を画した積極介入策となる。初期工業化の矛盾を解決するために、触媒的な役割をはたしたと評価することもできる。触媒といったのは、理論的な後継者をのこさず、経済史的にも評価されずにきたからである。

ヴィレルメは元来が外科医師であり、1832年に大流行したコレラ対策の報告書にも名をつらねている。また、道徳政治科学アカデミーの指名をうけ、30年代から40年代にかけてしばしば工業地帯を歴訪し、労働事情の報告書をものしている。[11]41年の児童労働を規制する立法は、もっぱらヴィレルメの功績である。彼のような社会革命に反対する改革者が理想とした社会改革とは、どのようなものだったのか。はっきりしているのは、**労働者の生活条件の改善は労働者自身の意識改革をふまえてなされなければならない**ということ。「持てる階層」が「持たざる階層」に慈善をほどこすという、昔ながらの慈善では逆効果だというのだ。これまで、こうした見解はパターナリスティックな改革主義という理由で、不当に低く評価されてきた。かといって筆者は、諸手をあげてこうした立場に賛同するわけでもないのだが。

ここでは道徳衛生主義という言葉でもって、ヴィレルメやレーボーの属する道徳政治科学アカデミーの急進的グループの立場をくくっておきたい。[12]労働階級の生活条件を改善するだけでなく、内面の規律化を強くもとめる立場である。衛生という言葉には、コレラ流行を監視するという、現に強力な行政の介入を必要とするニュアンスもふくまれている。

経済評論と風俗批評

この章をむすぶにあたってパチュロ物の全体をなぞっておきたい。『冒険』では、主人公の文筆家としての仕事をとおして、演劇・音楽・出版などの分野がとりあげられ、さらに宗教や哲学にまで言及される。サン＝シモン教徒によるメニルモンタンでの共同生活から、ジャーナリズムの実態、さらには文芸サロンの内幕まで、観察の範囲はまことに幅広い。また、実際に経験するか、経験者の話を直接きいたかでなくては書けない内容をふくんでいる。社会的エリートによる、道徳風俗の内幕暴露といった趣である。

『政界』の前半では、ブルジョワ民兵たる国民衛兵の組織形態から説きおこし、品評会や舞踏会、展覧会や都市計画、それに博愛家、科学者などの生態が明らかにされる。『政界』の後半では、ジェロームの政界進出にあわせて、まず地方行政の実情にふれられ、ついで代議士、政務次官と出世の階段をのぼっていくにつれて、中央政界の出鱈目さがあばかれる構成となっている。ところが、浪費がたたってジェロームは借金地獄におちいり、債務者監獄に収容され、ついには田舎に逼塞して幕となる。ジェローム・パチュロは花の都パリをはなれて、ようやく安穏な生活をおくることができた。

2月革命を背景とした『革命』では、叙述の形式が同じでも主人公の視点が一変する。政治のロマンを追求する自由主義者や急進主義者、あるいは一部の社会主義者がのぞんだ共和主義的な政治権力がうちたてられたとしても、それによって自動的に社会矛盾が解決されるなどということはない、と原作者は断じる。反動体制はうちたおしても精神の変革にまですすまない表面だけの政治革命では、不毛な結果がまねきよせられるだけに違いない。流血の革命など、やらないほうがましというもの。たしかに、ジェロームの口をかりて開陳される政治的意見にかんしては問題なしとしない。しかし、臨時政府の閣僚や急進派の代議士、民衆クラブの指導者やボナパルト派の幹部にたいする歯に衣着せぬ批評には、小気味良ささえ感じる。

ヨーロッパの近代史上の難問は、身分的な秩序を壊した大革命に胚胎するとはいえ、より直接的には、この2月革命でしめされた階級的、かつ文化的な対立において、白日のもとにさらされた。皮肉混じりとはいえ、パチュロ物の原作者が描いてみせたのは、権力政治と民衆主義の対抗という大きな課題である。歴史の進歩をうたう側の権柄ずくの政策と、歴史におしながされまいとする民衆の反抗。両者ががっぷりくみあって、動くに動けない状態。そうした政治社会の停滞のなかから、民衆の輿望をになった独裁者があらわれるという構図。こんにちにおいてなお解決しきれない政治社会の病理であるに違いない。6月事件の余塵がおさまらないなか、ジェロームは代議士シモンの口利きもあって、「アラブ文化保護官」という官職につき、北アフリカへ赴任することになる。社会問題を解決するには海外へ進出するしか方法がない、という設定も意味深である。

じつは、ここまで紹介してきた以外に、パチュロ物の続篇がひとつだけのこされている。「パチュロ男爵」という作品が、1849年に経済紙「ル・クレディ」に掲載されている[13]。正統王朝支持派と7月王政支持派のあいだで調整はつかないものの、すでに共和政とは名ばかりの保守派による政治体制がかたまっている。またしてもマルヴィナの腕の見せどころだっただろうが、はたしてどこをどうつついたものか、ジェロームを何とか貴族の末に列せられるように手配した。その彼が、事実上の王政にたいして、またまた批判的な見解をおおやけにするという内容である。

半世紀以上も前の著作だが、J・カスーの『2月革命の精神史』は古さを感じさせない。そのカスーがいうように、ジェロームの生みの親レーボーは、いかなる権力にたいしても非難がましい態度をとる[14]。だが、それはそれで結構なことではないか。既成の秩序を破壊すべくロマン主義者が旗揚げをしたときにはその隊列にくわわり、その頭目たるユゴーがあらたな秩序の頂点にすわろうとするときには容赦なくこれを批判する。おりから勃興したジャーナリズムの寵児となった著名人、共和派や急進派の政治家、社会主義の理論家、かてて加えてフェミニスト運動家が、次つぎと槍玉にあげられる。文化を消費する大衆社会にあって、きわめて健全な精神とみるが、はたして読者の目にはどう映っただろう。カスーによる『革命』の引用箇所は次の7か所である。「こうした（ブルジョワとプロレタリアという）区分については検討をすら拒むことだ」「いつも貧乏人対金持だ。この恐ろしい比較ばかりだ」（ともに§28から）。「ブルジョワ道徳家は叫んだ、無頓着と怠惰の組織化」、その文章にそえられた「労働のマルセイエーズ」

の歌詞は貴重な同時代の物証といえる（ともに§11、歌詞は原文から訳した）。

さあ立て！　手押し車の子らよ　　鶴嘴の時は来たり
雲雀の声とともに起き　　舗装現場へと向かう（繰り返し）
城外から聞こえてこないか　　若いモンやネエちゃんの歌
連中は砂利をまってる　　轍の跡をうめるんだ
鶴嘴を取れ、市民よ　　隊列そろえてかかろうぜ
ふるえ、ふるえ、鶴嘴　　給金《おあし》もらうために

ふたたびカスーの引用から。「一方は、パリ暮らしで堕落したあの酔っぱらいや法螺吹きの階級です。もう一方は、規律の観念と義務感を持って育ったあの田舎の人種です」（§35）シモンがマルヴィナにいう。「村の連中を自慢したくなりましたよ。ねえ奥さん。あの連中が社会をすくい、文明をすくったんですからね」、「木靴をはいた秩序が、革靴の反乱からパリを守りにきたのだ。……あの忠義の手……、村の連中がこれほどの犠牲を払うとは稀有なことである」（いずれも§38）。カスーも最後はレーボーについて、こううけあっている。「剽軽だが、いざとなれば感動し、高尚なことも言える男だ[15]」

貧乏人と金持ちはともかく、革靴と木靴の対立の構図がピンとこない現代人には、ジェローム・パチ

ュロの人となりをはっきりとつかめるわけがない。自分の信条や趣味を明らかにするといいながら、ジェロームは社会問題の解決策をしめすことができない。とはいえ社会変革の処方箋など書かなくても、自己表現は可能である。たとえば、口八丁手八丁のロベール・マケールと後知恵で社会を評するジョゼフ・プリュドム。この二人はいささか屈折した形ではあっても、それぞれに世間に向けて彼らなりのメッセージをおくり出している。

ジェロームの妻マルヴィナが、木綿の円錐帽子と堅実さを売り物にするパチュロ家の年代記に、波乱万丈の物語を書きそえた。**マケールを演じて人気者となったフレデリック・ルメートルも、プリュドムを演じてほとんどそれと一体になったアンリ・モニエも、画家ドーミエと同じく反フェミニストだった。**読者に媚びた風刺画家たちは、ほぼ例外なく女性の社会的活動には辛辣な批評をあびせている。ジェロームと同世代の彼らがはたせなかった、近代フランスの政治文化のもうひとつの可能性。**私的で卑近な一家族の歴史を、公的で巨大な政治社会の動向とむすびつける。**そうした難事業を、マルヴィナとジェロームのパチュロ夫妻は、たしかになしとげたのである。

そういえば、ナポレオンにはジョゼフィーヌがいた。彼女の存在を抜きにして彼の歴史はかんがえられない。彼女の望みをたちきったとき、彼もまた没落の一途をたどることになった。ジェロームもまた、マルヴィナを裏切ってフリビュストフスコイ夫人の色香にまよったために、いったん手にした社会的地位をうしなってしまう。そして2月革命の勃発にさいしては、粉引きシモンを議会におくりこんだマルヴィナの手腕によって、ジェロームも政治の中枢でおきた混乱ぶりを目の当たりにすることになった。婦唱夫随のジェロームとマルヴィナに、あらためて拍手をおくろうではないか。ジェロームの物語は、いつの世にも再演される人間ドラマの手法をかりて、精神の逞しさを読み手につたえているのだから。

第十章　風刺画家の本音

グランヴィル

1846年に刊行されたパチュロ物の第1作の絵入り本で挿画を担当したのが、J・J・グランヴィルことジャン・イニャス・イジドール・ジェラールである（**図10A**）[1]。風刺画の歴史の頂点に立つのがオノレ・ドーミエであることは誰しも異論のないところだが、そのドーミエよりわずかに先に世に出たグランヴィルは、風刺の刃をもっぱら社会風俗にむけた。ドーミエでさえ終生の目標としたこの天才画家は、残念なことに画業に油の乗ったころに急逝し、挿絵以外の分野で絵画史に名をのこすところまではいかなかった。それにしても、フィリポンが創設した風刺新聞「ラ・カリカチュール」や「ル・シャリヴァリ」では、グランヴィルとドーミエの競作が大いに話題となったものだ。

ドーミエが人物の性格描写で評判をとったのにたいし、グランヴィルは動物や植物の擬人化を得意とした。本書のそこかしこに配した彼の戯画をみてもわかるように、

図10A　グランヴィル27歳の自画像

フランスの伝統ともいえる図柄を復活させたといえる。グランヴィルの場合は、同じ東仏ロレーヌ地方ナンシー出身のジャック・カロふうのグロテスク趣味がつけたされている。ドイツ30年戦争に関連してロレーヌ地方も災厄にまきこまれるなか、カロはその戦争の悲惨さをつたえる版画集をのこしている。カロの反戦平和の思想と細密な描写は、二百年の時をへだてて、それぞれドーミエとグランヴィルにうけつがれた[2]。

グランヴィルの場合、早すぎた死の後にこそ画業がしばしばふりかえられ、そのつど新しい意味がつけくわえられた。カリカチュアの現代的意義を最初に発見した美術批評家が、『悪の華』の詩人シャルル・ボードレールである。ボードレールはドーミエと親しくまじわり、その業績を高く評価する一方で、ブルジョワの俗物性をあらわすものとしてパチュロ物を口をきわめて非難した。だが、グランヴィルの画業については留保つきながら、その奥行きの深い精神性に敬意を表しているように思われる[3]。グランヴィルがパチュロ物に挿し絵を提供したことは世間周知のことだったから、それにこだわっていたのかもしれない。グランヴィルの絵に詩的想像力を感じた最初は、ルイ・ブルトン以下の20世紀前半のシュールレアリストたちだった[4]。

グランヴィルを手がかりとしてカリカチュアの歴史を概括したのが、フランス文学の林田遼右『カリカチュアの世紀』である[5]。それまでの文学研究の立場では戯画など問題にされようもなかったのだが、林田は愛国詩人ピエール・ジャン・ド・ベランジェの詩集に添えられた絵からこの画家にいきあたったようだ。カロとグランヴィルの痕跡をたどって二人の生地ナンシーをたずねたり、グランヴィルの直接の系譜をひく存在としてカムとベルトラン・ジルをあげたりするところに筆者も大いに啓発された。ただ、諷刺画が身におびる毒を政治批判と糞尿趣味にだけもとめるのは、いささか偏狭な見方のように思われる。

筆者としては当初、19世紀にあって並の力量しかもたないとされた画家たちの作品にこそ、時代をうつす鏡の役割を負わせようという構想をもっていた。文学の方面でも、いまはわすれられた作家たちの作品に時代をよみとる鍵を見出せるように。風刺画論とはかけはなれてしまうが、歴史叙述の戦略は戦略として維持するとともに、芸術としての本質はまた別物としたほうがよさそうである。フロベールの作品、たとえば2月革命の時期とかさなる『感情教育』（1857年）から政治社会の動向をよみとろうとしても無理なことが多い。作者はたくみに時代の痕跡を消しさり、それだけ普遍的な人間像にせまりえている[6]。ならば、もうひとつの目標として、凡庸ならざる画家は世間常識をこえたところで何をみつめていたのかも問題としたい。第1の目標にてらして、若き日にユゴー親衛隊長を自認したテオフィル・ゴーチエは、この上ない導き手である。ところが、あまりに健全な〈こころ〉と〈からだ〉の持ち主であるゴーチエには、ついにグランヴィルの放埒な精神が理解できなかったようだ[7]。

やはり現代人として、常識人として、わかることとわからないことの境界があることを意識せざるをえない。もちろん、わからないことをわかるようにつとめるのは大事なことだが、ある意味で**不分明な**

ことを無意識のうちにとどめおくということも（歴史研究の名には値しないが）芸術の観賞では必要なことかもしれない。そういう目でみれば、グランヴィルの絵のそこここに**無意識の世界への入り口**を見出すこともできる。

トニー・ジョアノ

パチュロ物の第2作『革命』の絵入り版が企画されたときには、グランヴィルはすでに没しており、こちらの挿し絵はトニー・ジョアノにゆだねられた（**図10B**）。ジョアノ3兄弟とうたわれた手堅い仕事ぶりの画家たちの末弟である[8]。兄弟の父フランソワは、ルイ14世による新教徒（ユグノー）追放令によってドイツに難をのがれた家系の末裔という。革命直前に故国にもどって高級紙の販売を生業としたが、商売のほうはうまくいかなかっ

図10B　アルフレッド（右）とトニーのジョアノ兄弟

たらしい。しかし、画家としては卓越した才能をもち、石版画の技法を初めてフランスにつたえたとされる。

ジョアノ一家のその後はどうなっただろうか。長兄シャルルは苦労の末に木版画の画房をおこしたが早世し、次兄アルフレッドがひきついで、教会や公共建築の室内装飾全般にかかわるようになったが、こちらも円熟の時をむかえる前に亡くなった。アルフレッドの代表作は7月王政期に新築なったノートルダム・ド・ロレット教会堂に奉献された「サン＝イポリットの生涯」（1837年）と、同じころに改築されたヴェルサイユ宮殿「戦争の間《ま》」のいくつかの戦闘場面である[9]。この次兄のもとで画工として訓練された三男トニーは、二人の兄の相次ぐ死にもめげず、独立してから矢継ぎ早に著名作品に挿し絵を提供して、大衆的な支持を勝ちとった。そのほとんどが石版画の技法による。セルバンテスの『ドン・キホーテ』（1836年）、ベルナルダン・ド・サンピエールの『ポールとヴィルジニー』（38年）、バルザックの『マノン・レスコー』（39年）、それにモリエールの喜劇作品などへの挿絵が代表作である。さらに、ウォルター・スコット、ジョルジュ・ノディエ、ジョルジュ・サンドなど、同時代のロマン派の作家たちの作品の多くを、独特の柔らかいタッチの絵でかざっている。ただ、パチュロ物の絵入り版は木口木版画によっており、きびしい線刻が写実的な表現をきわだたせている。背景の白く抜いた部分と網掛け部分のコントラストが、1848年の人びとの表情と仕草を必要以上にいかめしいものにしている。

古くは木版画が民衆的な感情を写す手段として発達した。素朴な味わいが売り物のそれは、いまも郷愁をさそう。銅版画は克明な描写と手堅い職人技のお蔭で、これまた根強い人気をほこっている。これには職業としての彫り師の存在も大きくかかわってくる。写真術の誕生からこのかた、版画の大事な過程をささえるこの技術職が維持できなくなった。いま銅版画を売り物にするとしたら、彫り師にたよるわけにはいかないから、画家自身が彫りの工程を自分でするしかない。もはや産業として維持されることはなくても、しかし銅板と木版はすっかりすたれたわけではない。

デジタル時代のメディアのあり方をかんがえるうえでも、カリカチュアの技法とそこにもりこまれた内容を検討することは、けっして勘違いとは思えない。描かれた内容では反権力の姿勢が庶民の喝采をあびることが多い。現代の視点からしてさらに重要なことは、事件がおきている渦中にありながら、すぐれた総合的観察力をそなえていることである。情報もかぎられていただろうに、ともかく現場に出かけて取材する物見高さ。もちろんのこと、野次馬根性にとどまることなく、複雑な事件のどこに批判の立脚点をもうけ、どのような情景をきりとるか。そんなところに、なみなみならぬ力量を感じとるのだ。あらためて現代の政治や社会の状況をふりかえってみればよい。描線がたくみであっても、描かれた寓意が陳腐なものでは見向きもされないし、少し時間をへだてれば何が批判されているのかわからなくなっているようでは駄目なのだ。

たとえば『冒険』の挿し絵のなかに、同人誌をたちあげたパチュロとその仲間が創刊号をながめて悦にいっている場面で、彼らが紐つきの物体をふりまわしている画面がある（図1Eをあらためてご覧いただきたい）。ずっと不明のままだったのだが、権力の座からすべり落ちたナポレオン３世を描いた政治的カリカチュア（図10C）をみて気がついた。これは高い身分の聖職者の前をお払いするために伴僧がうちふる香炉なのだ。そこから転じて、虚飾にみちた存在の象徴となったわけだ。

ナポレオンの影

ここまで紹介してきたジェローム・パチュロの冒険の軌跡は１８３０年代から40年代にかけてのおよそ20年間にわたるが、その舞台となったパリは、いま私たちが目にするそれとはずいぶん様子が異なっている。１８５０年代にセーヌ県知事ジョルジュ・オスマンの名による大都市改造が、フランスの首都の印象を大きく変えてしまったからだ[10]。たとえば、本書にしばしば登場する19世紀の目抜き通りグラン・ブルヴァールの東端タンプル大通り界隈は、猥雑さが薄れ、整然と高級アパルトマンがたちならぶ。それでも北側の一角、ちょうどルイ＝フィリップの一行が「地獄の機関銃」の銃弾をあびせかけられたあたりに、いまはブロンジーニ・サーカスが小屋を張っているのに出くわして、歴史のひとコマにふれたような思いをいだいたものだ[11]。

図10C　ナポレオン3世の栄光と没落
ル・プチ画「ラ・シャルジュ」
1870年9月24日

ジェロームは自分が生きた時代の世界史的意味を理解できず、当てもなく動きまわり、愚痴をこぼす程度の人間である。しかしその姿は、明日なき時代を生きる現代の読者とかわらないのではないか。パチュロ物に過去の政治社会の証言をよみとるというのが本書の問題意識だったはずだが、最後に「虚は実を、実は虚をあらわす」などという妄言を、あらためて強調するつもりはない。ただ文学と歴史、双方の課題からわすれられた半実録小説に表現されるごく普通の人間への共感だけはうしないたくないものだ。平凡な人間の当たり前の感情にたいする思いが、読者にもつたわっただろうか。もうひとつ、作品にそえられた挿絵は元の文脈からはなれて一人歩きしている。それについては学問的な実証の意味があると思っている。

『冒険』ではインチキ会社の名義人として、また『政界』では代議士として、原作者は二度までも主人公にナポレオン・パチュロと名乗らせている。この栄光の名がフランスの国運を隆盛にみちびくという観念は、彼にとっても無縁ではなかったに違いない。ところが、根っからの自由主義者であるレーボーは、『革命』ではルイ=ナポレオンとその取巻きにたいして、とくに辛辣な評価をくだしている。その点で、捕らわれの身であったころのルイ=ナポレオンにわざわざ会いに出かけたこともある社会主義者のルイ・ブランの態度とは、ずいぶんと違っている。

国論の分裂を機に、すでに生身の〈からだ〉をうしなった英雄の名だけが民衆のあいだに浸透していく。政治の民主化を象徴する普通選挙の政治作法をつうじて、一気に第2のナポレオンがつくりあげられる。民衆的ボナパルチストの代表として、ドーミエはラタポワルという人物類型（ティプ）をつくりあげた。「裸馬に乗る」（モンテ・アン・シュヴァル・ア・ポワル）という言い回しから察するに、（鞍をつけず）背中を剥き出しにした鼠（ラ・タ・ポワル）という意味の名は、粗暴だがいかにも矮小な政治的冒険家を象徴している[12]。民衆の政治参加をうたうものの、結局は独裁者を生み出してしまう政治のありかたにたいしてドーミエは警告を発しているのだが、レーボーもまた同じ危機感をいだいていたのではないか。最近ではアメリカの社会学者R・セネットが、2月革命における政治的シンボルの不在、詩人政治家ラマルチーヌの過度の勿体づけ、ひいては近代政治の不毛ぶりを、あらためて浮き彫りにしている[13]。

ルイ=ナポレオン・ボナパルトは第2帝政をひらいてナポレオン3世を名乗る。ナポレオンの弟の一人オランダ王ルイと、ジョゼフィーヌの前夫とのあいだにできた娘オルタンス・ド・ボーアルネの次男である。ところがこの人の風貌は、伯父、父、そして兄ナポレオン=ルイ、あるいは一族の男子すべてと、まったく似ていない。小柄な体躯こそ共通しているが、ボナパルト家特有の南欧風の丸い顔立ちとくっきりとした目をもちあわせていないのだ。母オルタンスがオランダ在住中に当地の将軍とのあいだで浮名を流したことは、当時もさることながら、現在の歴史好きのフランス人にとっても周知のことである[14]。ちなみに、ナポレオン3世の政権初期をささえた異父弟のモルニー公爵という策士もいることを確認しておこう。

大ナポレオンの息子ライヒシュタット公爵とみずからの兄が早くに亡くなって、ルイ=ナポレオンはボナパルト家の当主を自認する。そして東仏ストラスブール、北仏ブローニュと2度の国境侵犯事件をおこし、身柄を拘束されながら、むしろそれを好機として世間に自分の存在をアピールした。社会主義にも理解をしめして「馬上のサン=シモン」などとよばれ、第2共和政の混乱に乗じて政権をにぎる。インチキな国王の後に陰謀家の皇帝がつづく。あいだをつなぐ共和主義者は悲劇の主人公を気取るかもしれないが、傍からみれば三者三様の無定見ぶりである。問題は、王党派も共和派もルイ=ナポレオンをくみしやすい大馬鹿者（クレタン）とみなし、自分たちの傀儡として利用しようとしたことである。戯画の黄金時代というと聞こえはいいが、おおよそ半世紀にもおよぶ方向性喪失の政治のあり方を批判するとともに、その批判の刃がみずからの頭の上にもふるわれる。そうした時代にあってこその批判の自律性ではあった。フランス人にとってはある意味で、およそ千年にわたる国民的歴史のなかで最も不幸な時代だったといえる。

正直なところ、19世紀フランス史を反ロマン主義・反革命の視点から書くことには、仕事半ばにしてなお気がすすまなかった。文学史的な意味ではロマンの旗をうちふったほうが気分いいだろうし、政治史的には理想を高くかかげてバリケード上で死ぬほうが格好いいからである。ただしかし、人間は死ぬほどの目にあっても生きていかなければならない。精神の荒廃をくぐりぬけてでも経験を後世につたえていかなければならない。挫折しかかった筆者をはげましてくれたのは、グランヴィルとトニー・ジョアノの挿し絵に描かれた同時代の人びとだった。彼らの絵を召喚したレーボーの文章にも、いまは共感するところが多い。

くりかえしになるが、これを反革命の書として忘却の淵にしずめるのは簡単である。ただ、パチュロ物の存在がなければ、筆者がユゴーの前半生にふれることはなかった。まして社会主義者の同時代における評価など、視野の外においたままだっただろう。そもそもフランスのロマン主義は反理性、すなわち反革命の傾向をおびたものだった。革命精神を称揚すれば、いきおいロマン主義を反動とみなさなければならない理屈である。ユゴーの生涯はフランス史にしばしばみられる逆説の好例である。出世主義者の誇りこそうけないものの、オルレアン家との個人的なつながりをも利用して強引にアカデミーの門をこじあけ、上院に議席まであてがわれた。ユゴー支持派ならば喝采ものだが、反対派は眉をひそめたものだ。ジェロームも『政界』で、はっきりとユゴーの変節をなじっている。48年革命の収拾局面でも政治的に活発な動きをして、結局はルイ=ナポレオンの権力掌握に手をかした形になった。もちろんその後20年におよぶ亡命は気の毒に思うが、ヨーロッパ大陸各地を旅行するだけの自由は保証されており、庶民とは縁遠い生活をおくっていた。

ジェローム・パチュロの思想信条は、結果としてユゴーのそれを裏返しにしたものになった。状況に翻弄され民衆とともに悩む姿は、本書でいう「巨匠」の実像とはちょうど反対側に位置する。たまたま2002年の春に、文化人として評価もされる（少なくとも無類の日本通ではある）大統領ジャック・シラクの肝いりで、生誕200年を期してデュマ父の遺灰が国家の偉人を祭るパンテオンにうつされるという報に接した。ちなみにユゴーも同じ年の生まれである。ロマン主義の二人の首領は、死して永遠の隣り組となった。その片方がこれまで不当に栄誉から遠ざけられていたのは、彼の同名の父が革命期に活躍して異例の昇進をとげた将軍とはいえ、奴隷の母から生まれた混血児だったからといわれる[15]。黒人の血は4分の1というのに、若き日のデュマ父は黒人そのものにしかみえない（図2Eを参照）。ユゴーもデュマも著作集などにかかげられた写真は個人的野心も文学的創造力もうせた晩年のものだから、人種の差などはめだたなくなっている。したがって、相当の文学通にもこうした事情はすぐにはのみこめないものだ。

もうひとつ、フランス文学の書かれざる約束事として、韻文のほうが散文より大事と思われてきたことがある。日本では大河小説『レ・ミゼラブル』を書いた文豪ユゴーだが、フランスではまずもって『東方詩集』（レ・ゾリアンタル、1829年）や亡命時代の『静観詩集』（レ・コンタンプラシオン、1856年）の詩人なのだ。韻文にこだわり、新聞小説などには手をそめなかったユゴーが文学的に高く評価されるのは当然のことだろう。しかし、デュマ父の影響力もそれと負けず劣らず大きかったし、いまでもなおふりかえられるべきである。おそらくは自己のアイデンティティを模索する意味もあったのだろう、デュマ父は数多くの歴史小説を発表した。ごく最近でもハリウッド製の『三銃士』が製作されているように、スペクタクル性あふれる冒険活劇の脚本にその雄大な構想力は欠かせない。

ただ、次に紹介するデュマ父の最晩年のエピソードからもうかがえるのだが、彼の名による作品にはつねに複数の協力者があり、真に個人的な業績といえない面もあった。最晩年、ほとんど寝たきりになったデュマ父は『椿姫』で文壇に地歩をきずいたデュマ子の厄介になって、（本書第六章でプララン公爵一家が静養に出かけようとしていた）ディエップの郊外にある別荘でくらしていた。無聊をなぐさめるためにあてがわれた小説をよんでいて、あるとき息子にこういった。「こんなに面白い本は読んだことがない。どこのどいつが書いたのだい。」デュマ子が「ちょっとみせて」と手にとると、それは紛れもない父親の作品だった。いくら呆けていたにせよ、そのままうちすてておくわけにはいかない事情がある。イストリーク座を創設するなど、劇場経営にものりだしたデュマ父は、当時の当然の習慣にならって、芝居の折節に挿入される歌の作詞をその方面の専門家にゆだねることも多かった。膨大な作品群のどれにも、他人の手がはいっている可能性があるのだ。

ユゴーの生涯の裏返しがジェロームのそれだったとするなら、パチュロ物にデュマ父の清廉と汚濁、個人の強い思いと時代におもねった文体がいりまじった作品の魅力をみとめるのも無理からぬところである。21世紀の日本の読者がパチュロ物の面白さを、よしんば直接その内容に心を動かすことはなくても、多彩な登場人物の描きわけなどから感じていただけたならば、紹介の労をとった者として幸いこれにすぐるものはない。

バリケードの内側の民衆

『19世紀パリ・オデッセイ～帽子屋パチュロとその時代』注

第一章　ジェロームと仲間たち

1) *Jérôme Paturot à la recherche d' une position sociale*, [par Armand MARRAST], Bruxelles, 1842. 第1作の前編、本書でいう『冒険』の初版である。

2) Ibid.; avec la seconde partie, Paris, 1842, 349p. 第1作の前後編、『政界』がくわえられる。L・レーボー『帽子屋パチュロの冒険』(高木勇夫訳、ユニテ、1997年) の翻訳は同書の第3版を底本とした。ジェロームの活躍ぶりを日本語で最初に紹介したのが次の作品である。山田登世子『メディア都市パリ』筑摩書房、1991年／ちくま学芸文庫、1995年。また、A・コルバン「パリと地方」P・ノラ編『記憶の場』(1、対立) 谷川稔監訳、岩波書店、2002年にもそれへの言及がある。

3) REYBAUD Louis, *Jérôme Paturot à la recherche de la meilleur des républiques*, Bruxelles, 1848.

4) LETERRIER, Sophie-Anne, prés., *Jérôme Paturot à la recherche d'une position sociale*, Paris, 1997.

5) L・レーボー『帽子屋パチュロの冒険』高木勇夫訳、ユニテ、1997年。

6) 「ル・コンスチチュシオネル」紙 (Le Constitutionnel) は1815年に創刊されたリベラル保守系の新聞。1830年代には原作者ルイ・レーボーの弟シャルルが編集にかかわったが (第九章の注8)を参照)、路線がさだまらず部数も数千部と低迷した。のちアドルフ・チエールひきいる中央左派の機関紙となり、40年代前半にはジョルジュ・サンドやユジェーヌ・シューの小説を連載して一気に数万部を売った。

7)「ル・ナシオナル」紙（Le National）は1830年に上記のチエールらが創刊して7月革命を主導した新聞で、編集長アルマン・カレルのもとに反政府の論陣を張った。カレルがエミール・ド・ジラルダン（第二章の注10)を参照）との決闘で死んだ後をうけたのがマラストである。1840年代には同紙を中心に穏健共和主義の党派（ナシオナル派）が形をなし、2月革命で臨時政府の多数派を構成する。

8) REYBAUD Louis, *Jérôme Paturot à la recherche d'une position sociale*, illustrée par J.-J. GRANDVILLE, Paris, 1846, réimp., Paris, 1979.

9) Do., *Jérôme Paturot à la recherche de la meilleur des républiques*, 4 vol., Paris, 1848-49.

10) Ibid., illustrée par Tonny JOHANNOT, Paris, 1849.

11) 新聞閲覧所（キャビネ・ド・レクチュール）を始めとするジャーナリズムの生態は、H・ド・バルザック『幻滅』（上下、野崎歓訳、藤原書店、2000年）にくわしい。明治初期の日本にも新聞（新聞官報、あるいは新聞雑誌）縦覧所が叢生したという。

12) J・ヴェルヌ『80日間世界一周』鈴木啓二訳、岩波文庫、2001年。

13)『ピエール・パトラン先生』渡辺一夫訳、岩波文庫、1963年。

14) GIRAUDOUX Jean, *Les aventures de Jérôme Bardini*, Paris, 1930/1994.

15) 前注の4)ルテリエによる解題を参照（LETERRIER, op. cit., pp.13-14.）

16) 三浦義章「口承文化をヒット商品にした男～ジェイムズ・マクファーソンの『オシアン詩集』」島根國士・寺田元一編『国際文化学への招待～衝突する文化、共生する文化』新評論、1999年、213-232頁。

17) E・スクリーブ作「マルヴィナ～望ましい結婚」（*Malvina ou Un mariage d'inclination*）、2幕の喜劇、初演は1828年12月8日 のジムナーズ座。ヒロインは親の決めた従兄との結婚をきらってイギリス旅行中にしりあった男と秘密裏に結婚するが、男の傲慢さをしり、従兄の秘めた愛に気づいて、最後に二人はむすばれる（『19

世紀ラルース』の記述より)。
18) VAN DER VELDE Franz Karl, *Romans historiques*, tr. par François Adolphe LŒVE-VEIMARS, Paris, 1826.

第二章　パリのオデュッセウス

1) HUGO Victor, *Hernani*, tragédie, 5 actes en vers, 1830/Paris, 1987, p.25. V・ユゴー『エルナニ』杉山正樹訳、中公文庫、1978年/『クロムウェル・序文、エルナニ』西節夫・杉山正樹訳、潮出版社、2001年。
2)『冒険』、訳書の12頁。
3) S・シャルレティ『サン=シモン主義の歴史』沢崎浩平・小杉隆芳訳、法政大学出版局、1986年。
4) バザールほか『サン=シモン主義宣言』野地洋行訳、木鐸社、1982年。
5) 見市雅俊ほか『青い恐怖　白い街~コレラ流行と近代ヨーロッパ』平凡社、1991年。
6) 上野喬『ミシェル・シュヴァリエ研究』木鐸社、1995年。
7)『冒険』§2、前掲邦訳、23-24頁。
8) ANTIER, AMANN et POLYANTE, *L'Auberge des Adrets*, drama en 3 actes, 1822. ロベール=マケールの初お目見えは1823年のヴァリエテ座、『アドレの宿屋』という3幕のメロドラマである。その後、32年にルメートルによって2幕物として再演され、34年に続編『ロベール=マケール』がフォリ=ドラマチーク座にかけられた。
9) ドーミエ(文の多くはフィリポン)による戯画101点は36年から翌年にかけて刊行され、こちらも大当たりとなった。その戯画をもとに物語仕立てにしたのが次である。ALHOY Maurice et HUART Louis, *Les cent et un Robert-Macaire*, Paris, 2 vol., 1839. ドーミエの画業全体は次に網羅されている。阿部良雄監修『ドーミエ版画集成』3巻、みすず書房、１９９２-94. 研究書も多数あるが、独自の観点からする次がすぐれている。Ｒ・エスコリエ『ドーミエとその世界』幸田礼雅訳、美術出版社、１９８０年。

10) 経済史上に名高いロウのシステムについては次を参照。OUDARD Georges, *La trés curieuse vie de Law, aventurier honnête homme*, Paris, 1927.

11) タリョーニ嬢とエルスラー嬢の競争を助長した感のあるのが、当時オペラ座監督の椅子をしめたヴェロン博士である。ヴェロンについては次を参照。鹿島茂『かの悪名高き～十九世紀パリ怪人伝』筑摩書房、１９９７年。

12) GREEN Nicholas, *The Spectacle of Nature. Landscape and Bourgeois Culture in Nineteen-Century France*, Manchester University Press, Manchester/New York, 1990.

13) 『冒険』§7、前掲邦訳、98頁。

14) 文芸批評家として名を成したジャナンもいまや忘れられた存在だが、短編作品が次に紹介されている。「オメスチュス」『フランス幻想文学傑作選(1)非合理世界への出発』橋本綱訳、白水社、１９８２年。

15) これまで日本でよまれてきたサンド作品は、『愛の妖精（プチット・ファデット）』（宮崎嶺雄訳、岩波文庫、１９５９年）に代表されるように、彼女の故郷ベリー地方を舞台とした田園小説群である。『アンディヤナ』(Indiana, 1832) など初期作品の叙述の戦略を分析したのが、生誕２００年にちなんだ次の企画である。日本ジョルジュ・サンド研究会編『ジョルジュ・サンドの世界』第三書房、２００３年。

16) Ｄ・デザンティ『新しい女、一九世紀パリ文化界の女王マリー・ダグー伯爵夫人』持田明子訳、藤原書店、１９９１年。また次を参照。Ph・ルジェンヌ『フランスの自伝』小倉孝誠訳、法政大学出版局、１９９５年。

17) LASSERE Madeleine, *Delphine de Girardin*, Paris, 2003. また次を参照。Ａ・マルタン＝フュジエ『優雅な生

活〜"トゥ＝パリ"、パリ社交集団の成立 1815-48』前田祝一監訳、新評論、２００１年。
18) エミール・ド・ジラルダンの波乱にみちた生涯をつづった鹿島茂『新聞王伝説』筑摩書房、１９９１年、75頁（のち『新聞王ジラルダン』と改題、ちくま文庫、１９９７年）では、この図（**図2D**）がジラルダン夫人デルフィーヌ・ゲイのサロンをうつしたものとされる。ドーミエ描くロベール＝マケールは、ルメートルが演じたそれとは異なり、多分に虚業家としてのジラルダンをあてこすっているようだ。なお、バルザックとジラルダンは相たずさえて新聞と記事の商品化をおしすすめた。H・バルザック『ジャーナリズム博物誌』鹿島茂訳、新評論、１９８６年。

第三章　虚実の皮膜

1) 定評あるフランクラン『職業事典』の「公証人」の項（notaire）を参照。FRANKLIN Alfred, *Dictionnaire historique des Arts, Métiers et Professions exercés dans Paris depuis le XIIIeme Siècle*, Paris, 1905. フランス小説にしばしば「代訴人」（tabellion）というのが登場するが、これも公証人の範疇に属する。
2) カルマク語はモンゴル系でボルガ河の左岸に住むカルマキア人の言語。次を参照。亀山郁夫『蘇るフレーブニコフ』晶文社、１９８９年。
3) ピエール・ビレの名の元になったのは、メーヌ・ド・ビランことフランソワ・ピエール・ゴンチエ・ド・ビランであろう。彼は感覚論の哲学からはなれ、あらためて意思の力に注目した。主著に次がある。MAIN DE BIRAN, *Essai sur les fondements de la psychologie*, Paris, 1812.
4) カンディードのモットーでもある楽観主義は、ジェロームの運命にはそぐわない。VOLTAIRE, *Candide ou*

l'optimisme, 1759.（ヴォルテール『カンディード』吉村正一郎訳、岩波文庫、1956年）
5)『冒険』§11、前掲邦訳、142頁。
6) 隔離と検疫の始まりについては次を参照。C・チッポラ『ペストと都市国家～ルネサンスの公衆衛生と医師』日野秀逸訳、平凡社、1988年。
7)「パリ病院医学」の栄光にみちた軌跡は次の2著からうかがえる。川喜多愛郎『近代医学の史的基盤』上下、岩波書店、1977年。E・H・アッカークネヒト『パリ病院』思索社、1978年（そこでの固有名詞の訳語には要注意）。
8) デュピュイトランには白内障の手術など数多くの近代外科学への貢献がある。
9)『冒険』訳書の141頁。ブルセのコレラ治療については次の2著に詳しい。喜安朗『パリの聖月曜日～19世紀都市騒乱の舞台裏』平凡社、1982年、85-118頁。
10) 服部伸『ドイツ「素人医師」団～人に優しい西洋民間療法』講談社、1997年。M・ガードナー『奇妙な論理I～だまされやすさの研究』市場泰男訳、ハヤカワ文庫、2003年、167-173頁。
11) R・ダーントン『パリのメスマー～大革命と動物磁気催眠術』稲生永訳、平凡社、1987年。V・ブラネッリ『ウィーンから来た魔術師』井村宏次・中村薫子訳、春秋社、1992年。
12) SABBATINI Renato M. E., *Phrenology: the History of Cerebral Localization*, Campinas (Brazil), 1997.
13)『ブロカ』萬年甫・岩田誠編訳、東京大学出版会、1992年。
14) P・ダルモン『医者と殺人者～ロンブローゾと生来性犯罪者伝説』鈴木秀治訳、新評論、1992年。
15)『冒険』で冷水療法の元祖とされたヴィンセント・プリースニッツ（PRIESSNITZ Vincent）については『19世紀ラルース』の当該項目を参照。ドイツを筆頭にヨーロッパ各国では、水治療の延長上にある温泉療法や海水治療（タラソセラピー）に保険が適用される。

16) G・ヴィガレロ『清潔になる〈私〉～身体管理の文化誌』見市雅俊監訳、同文舘出版、1994年。
17) A・トクヴィル『フランス二月革命の日々』喜安朗訳、岩波文庫、1988年。
18) 結石破砕術の創始者ジャン・シヴィアル（CIVIALE Jean）については『19世紀ラルース』の当該項目を参照。ところで、未知の病を探求する医学と死すべき人をみまもる医療とは、現在においてなお背理をかかえたままである。次を参照。G・M・フォスター、B・G・アンダーソン『医療人類学』中川米造監訳、リブロポート、1987年。

第四章　出世の道

1) スクリーブとデュヴェリエ（DUVEYRIER）の合作「オスカル～妻をあざむく夫」（*Oscar ou le Mari qui trompe sa femme*）、3幕の韻文喜劇、初演は1842年4月21日のフランス座。田舎町の収入役オスカルは美人で裕福な妻がありながら、その従妹にも色目をつかう。妻は女中に命じて夫を誘惑させ、応じるようなら離婚を決意。複数の男女が交錯するうち従妹は若い公証人を愛し、夫婦は元の鞘におさまる（『19世紀ラルース』の記述より）。
2) **図4B**のオスカルは若きクールベに生き写しである。クールベは1841年から連続してサロンに出品し、落選をくりかえした。『ギュスターブ・クールベ展』ブリヂストン美術館・日本放送協会、2000年。
3) フリビュストフスコイ夫人のモデルは駐仏ロシア大使の未亡人リーヴァン夫人とかんがえられる。彼女とギゾーの往復書簡が時間をおかず刊行され、外国人女性が外交を壟断しているという印象を世人にあたえた。GUIZOT François et LIEVEN princesse de, *Correspondance*, 3 vol., Paris, 1836-39/1840/1841-46/ réimp., prés. par CHELUMBERGER J., Paris, 1963.

4) パリ国民衛兵士官をまねいての宮廷舞踏会は、１８３２年1月11日にチュイルリ宮殿でひらかれた。

5) MOREAU DE JONNES Alexandre, *Statistique de l'Espagne*, Paris, 1834.

6) ベルリオーズの音楽史的位置づけについては次を参照した。BLAVAUD, M., *Hector Berlioz: visage d'un masque*, Lyon, 1981.

7) E・E・ヴィオレ＝ル＝デュック『ヴィオレ＝ル＝デュック建築講話』飯田喜四郎訳、中央公論美術出版、１９８６年。

8) BLANC Louis, *Histoire de dix ans 1830-1840*, 5 vol., Paris, 1848; VIGIER Philippe, *La Monarhie de Juillet*, Paris, 1982; HERVE Robert, *Louis-Philippe et la Monarchie parlementare*, Paris, 1990.

9) F・ギゾー『ヨーロッパ文明史』は抄訳ながら明治期からしられ、君主制のもとでの立憲政治の要諦をしめしたものとして尊重された。いまみられるのは、第2次大戦後間もなくの翻訳の再刊である（安士正夫訳、日本評論社、１９４８年／みすず書房、１９８７年）。

10) チエールはジャーナリストとして7月革命の動向を左右しただけでなく、浩瀚な歴史書をものして大歴史家の仲間入りをした。次にあげる主著の冒頭にはアカデミー・フランセーズ入りにさいしての講演がかかげられている。THIERS Adolph, *Histoire de la Révolution française*, 10 vol., Paris, 1834.

11) パリ産業博覧会と万国博については次を参照。髙木勇夫「万博都市パリの光と影」『名古屋工業大学紀要』49号、１９９８年、71-82頁。

12) REYBAUD Louis, *La Laine* (Nouvelle série des Etudes sur le régime des manufactures), Paris, 1867.

13) Do., *Le Coton, son régime, ses problème, son influence en Europe* (Nouvelle série des Etudes sur le régime des manufactures), Paris, 1863. この付録にノルマンディー地方の地場産業として木綿帽子製造業にふれてあるのもご愛敬である。

14) Do., 'Introduction' au *Journal des économistes*, 1841.
15) PONTEIL Felix, *Les institutions de la France de 1814 à 1870*, Paris, 1966.
16) パリにキリンが招来された経緯については次にくわしい。M・アリン『パリが愛したキリン』椋田直子訳、翔泳社、１９９９年。
17)『政界』§22, p.357-358.
18)『政界』§23, p.378-380.
19) シャルル・リュカの経歴については次を参照。SIMOND Jule, ' Notice sur la vie et les travaux de M. Charles Lucas,*Mémoires de l'Académie des sciences morales et politiques*, t.19, 1896, p.57-90.

第五章　パチュロ家の本棚

1) HUGO Victor, *Le duel sous le cardinal Richelieu*, 1829; *Marion Delorme*, tragédie en 5 actes et en prose, 1834.
2) Do., *Les Burgraves*, tragédie en 5 actes et en prose 1843.
3) P・ド・コックの代表的な恋愛小説の題名は次のとおり。*Mon voisin Raymond*, 1822.（『隣人レモン』）；*Monsieur Dupont ou la Jeune fille et sa bonne*, 1824.（『デュポン氏』）；*André le Savoyard*, 1825.（『サヴォワ人アンドレ』；*Sœur Anne*, 1825.（『妹アン』）；*Laitière de Monfermeil*, 1827.（『モンフェルメイユの乳しぼり娘』）；*La Maison blanche*, 1828.（『白い家』）
4) デュクレ＝デュミニルは総裁政府下で人気をよんだ劇作家。彼の『ド・ヴァルノワール夫人』（DUCRAY-DUMINIL, *Madame de Valnoir*, 1814.）を脚本化したのがコックである。

5) CORNEILLE Pierre de, *Horaces*, tragédie en 3 actes, 1670.
6) RACINE Jean, *Phèdre*, tragédie en 3 actes, 1687.
7) E・E・ヴィオレ=ル=デュック『ヴィオレ=ル=デュック建築講話』飯田喜四郎訳、中央公論美術出版、１９８６年。
8) G・フロベール『ブヴァールとペキュシェ』上中下、鈴木健郎訳、岩波文庫、１９５４年、55. 同『紋切型辞典』小倉孝誠訳、岩波文庫、２０００年。
9) ARAGO Etienne, *Les Aristocrates*, comédie, 5 actes en vers, 1847. 内容は『19世紀ラルース』の記述による。また次を参照。ROSAMVALLON Pierre, *Le moment Guizot*, Paris, 1983, p.119.
10) PYAT Felix, *Diogene*, comédie, 5 actes en prose, 1846. 前注と同じく内容は『19世紀ラルース』の記述による。
11) Do., *Le Chiffonier de Paris*, drame en 5 actes, 1847. この作品の成功に刺激されて、屑屋に取材した亜流作品が幾本か舞台にかけられた。ピアが2月革命後の政局にはたした役割は次にくわしい。小田中直樹『フランス近代社会1814~1852』木鐸社、１９９５年、２９９-３２４頁。
12) 『冒険』とほぼ同じ時期に「ル・ジュルナル・デ・デバ」紙に連載された『パリの秘密』（*Le Secret de Paris*, 1842-43）は、戦前の古い翻訳があるだけ。『さまよえるユダヤ人』（*Le Juif errant*, Paris,1844-45）（小林龍雄訳、角川文庫、1951.）のほうは１９８９年の復刻版が手にはいる。

第六章　憲章体制の落とし穴

1) BERTIER DE SAUVIGNY Gillaume de, *La Restauration*, Paris, 1948; Do., *Au Soir de la Monarchie. Histoire*

de la Restauration, Paris, 1983.

2) LOUESSARD Laurent, *L' epopée des régicides: passions et drames, 1814-1848,* Paris, 2000.

3) ベリー公爵暗殺の経過については次を参照した。VAULABELLE Achille de, *Histoire des deux restaurations,* vol.5, 4e éd., 1867, pp.89-126; SIMOND Charles, *Paris de 1800 a 1900,* t.1, pp.433-435.

4) 7月革命直後の政治状況をよくつたえるのが次である。PINKNEY David, *La Révolution de 1830 en France,* Paris, 1988.

5) ヌヴー（NEVEU）については『19世紀ラルース』にもその記事がみられず、事件の背景は分からない。

6) フィエスキ事件のあらましは、前注3)シモンの年譜を参照した。SIMOND, op. cit., t.2, pp.104-107. 裁判の経過についてはルイ・ブランの『10年史』にくわしい。BLANC Louis, *Histoire de dix ans 1830-1840,* 8e ed., Paris, 1848, t.4, pp.1-21. フィエスキの経歴はコルシカ協会のホームページによる（POLI Jean-Pierre, *Le vrai visage du regicide Joseph Fieschi,* http.//www.accademiacorsa.org/fieschi.html）。

7) 『19世紀ラルース』のルコント（LECOMTE）の項を参照。

8) *Compte rendu du statistique criminelle,* commentée par Claude PERROT, Paris, 1875. また次を参照。髙木勇夫「7月王政下のクリミナリテ」『名古屋工業大学学報』43号、１９８７年、43-54頁。

9) パパヴォワーヌ（PAPAVOINE）については『19世紀ラルース』を参照。

10) 渋沢龍彦「ピエール・フランソワ・ラスネール～殺人と文学」『悪魔のいる文学史～神秘と狂詩人』中央公論社、１９７２年所収。また、ラスネールの詩の断片が次に翻訳紹介されている。Ａ・ブルトン編『黒いユーモア選集』上巻、窪田般弥・小海栄二ほか訳、国文社、１９６８年。

11) 『19世紀ラルース』のラスネール（LACENAIRE）の項目を参照。

12) REGNAULT Elias, *Histoire de huit ans 1840-1848,* Paris, 1870, t.3, pp.240-260. また『19世紀ラルース』のテス

ト（TESTE）の項目を参照。

13) VIGIER Philippe, *La Monarchie de Juillet,* Paris 1982; Do., *Paris pendant la monarchie de Juillet (1830-1848),* Paris, 1991. 中木康夫『フランス政治史・上』未来社、１９８０年。

14) REGNAULT, op. cit., pp.261-174.

15)『19世紀ラルース』の「プララン公爵」３代（PRASLIN, duc de CHOISEUL-PRASLIN）と「セバスチアニ元帥」（SEBASTIAI Horace, maréchal）の項目を参照。

16) SIMOND, op. cit., t.2, p.297-299.

17) オルフィラは化学的知見をふまえて法医学を確立した。病理学的医学の正統な後継者であるルイは、ブルセの理論と方法を真っ向から批判した。タルデュは権威ある医学事典をあらわした。TARDIEU Ambroise, *Dictionnaire d' hygiène publique et de salubrité,* 3 vol., Paris, 1852-54.

第七章　第２共和政の狂騒

1) STERN Daniel, *Histoire de la Révolution de 1848,* 3 vol., Paris, 1850-53/réimp., Paris, 1985.

2) APPONYI Rodolphe, *De la Révolution au Coup d'Etat, 1848-1851,* Genève, 1948.

3) GARNIER-PAGES Louis-Antoine, *Histoire de la Révolution de 1848,* Paris, 11 vol., 1860-62/2e éd., 8 vol., 1866.

4) GORCE Pierre de la, *Histoire de la deuxième République française,* 2vol., Paris, 1887, 2e éd., 1898-1906/ réimp., Genève, 1979; SEIGNOBOS Charles, *La Révolution de 1848 et le Second Empire (1848-1859),* t.6 de l' *Histoire de la France contemporaine de LAVISSE,* Paris, 1926.

5) GALLOIS Leonard, *Histoire de la Révolution de 1848*, 4 vol., Paris, 1851.

6) LIREUX August, *Assemblée nationale comiqué*, illustré par Amédée CHAM, Paris, 1850.

7) 2月革命から6月事件までの時期の政治と社会の状況については次を参照。 *Les Murailles révolutionnaires*, Paris, s.d.[1948.]; *1848, Bibliothèque du centenaire de 1848*, textes de G. BOURGIN et M. TERRIER ; Paris, 1948 ; DAYOT Armand, *Journées révolutionnaires*, Paris, s.d.[1948].

8) MOULIN Charles, dir., *1848. Le livre du centenaire*, Paris, 1948; DAUTRY Jean, *Histoire de la révolution de 1848 en France*, Paris, 1948; DUVEAU Georges, 1848, Paris, 1965. GIRARD Louis, *La IIe République, Paris*, 1968: VIGIER Philippe, *La Seconde République*, Paris, 1972; Do., *La vie quotidienne à Paris et en province pendant les journnées de 1848*, Paris, 1982, réimp. sous le titre de *1848, les Français et la République*, Paris, 1998. 河野健二『現代史の幕あけ〜ヨーロッパ一八四八年』岩波新書、１９８２年。

9)『19世紀ラルース』の「ジェローム・パチュロ」を参照（パチュロ物2作の題名がそのまま項目になっている)。

10) RENAULD Georges, *Adolphe Crémieux, Homme d' Etat français, Juif et Franc-Maçon : Le Combat pour la Republique*, Paris, 2003.

11) CARNOT Paul, *Hippolyte Carnot et le ministère de l' instruction publique de la IIe République*, Paris, 1948.

12) 次にあげるレーノーの政界引退後の著作では、サン＝シモン教の思想と実践を昇華させて、地上的愛と天上的愛の融合をねがっている。 REYNAUD Jean, *Terre et ciel*, Paris, 1854.

13) このときルヌーヴィエは共和主義精神にもとずく教育過程の整備に力をいれたが、保守派とカトリック勢力の猛反発をうけカルノーの退陣をまねいてしまう。 RENOUVIER Charles, *Manuel républicain de l'homme et du citoyen*, Paris, 1903.

14) BASTID Paul, *L'Avènement du suffrage universel*, Paris, 1948. また次を参照。髙木勇夫「二月革命と普通

選挙」阪上孝編『1848〜国家装置と民衆』ミネルヴァ書房、1985年、所収。
15)『革命』でもほのめかされているように、ボナパルト派の陰謀との見方もある5月15日事件で、主だった民衆クラブの首領は逮捕される。6月事件は指導部なしのバリケード戦だったのだ。民衆に根強い人気をたもっていたラスパイユは、12月の大統領選挙に獄中から討って出て第3位につけた。

第八章　近代の黙示録

1) BEZUCHA Robert, *The Lyon Uprising of 1834: Social and Political Conflict in the Early July Monarchy*, *Cambridge*, MS, 1974. また、F・クライン=ルブール『パリ職業づくし〜中世から近代までの庶民生活誌』(北沢真木訳、論創社、1995年)に「リヨンの絹織物工の暴動」の図がみえる。当時のリヨンの人口18万人のうちカニュ(canuts)とよばれる絹織物職工が8万人近くをしめた。1831年11月に高台のラ・クロワ・ルース地区で蜂起が始まり、混乱は4日間つづいた。反抗の火種はくすぶりつづけ、34年の大反乱につながる。
2) DUVEAU Georges, *Raspail*, Paris, 1848.
3) MOLLIER Jean-Yves, 'Belle-Ile-en-Mer, prison politique (1848-58)' in Philippe VIGIER et al. *Maintien de l'ordre et polices en France et en Europe au XIXe siècle*, Paris, 1987, pp.185-211.
4) BLANQUI Louis Auguste, 'Ecrits sur la Révolution' *Œuvres complètes*, 1, *textes politiques et lettres de prison*, près. par A. MUNSTER, Paris, 1977, pp.367-381.
5) サント・ブーブ『プルードン』原幸雄訳、現代思潮社、1970年。DOLLEANS Edouard et PUECH J.-L., *Proudhon et la Révolution de 1848*, Paris, 1948. 藤田勝次郎『プルードンと現代』世界書院、1993年。

6)『革命』§28、Ｐ３２２、Ｐ３２４頁。

7)『所有権論』はもともと、穏健共和主義に肩入れした道徳政治科学アカデミーの傾向に反発したチエールが、その報告集に急遽掲載させた文書である。THIERS Adolph,'De la propriete' in *Mémoires de l'Académie des sciences morales et politiques*, t.7, 1850, p.225-313. 所有権をめぐるプルードンとチエールの対決は、フロベール『感情教育』（上下、生島遼一訳、岩波文庫、１９７１年）の記述にも反映されている。

8) Ｋ・マルクス『フランスの内乱』岩波文庫、１８７１年。

9) 尻尾の先の目玉で何物をもみとおすことができるという説は、師シャルル・フーリエの多様な幻視から唯一コンシデランが借用した要素だった。ARMAND Felix, *Les Fourieristes en 1848*, Paris, 1948. 次にあげるコンシデランの伝記にそえられた図版にも、「動物園の猿から尻尾を借りるコンシデラン」の戯画を認めることができる。VERNUS Michel, *Victor Considérant, 1808-1893*, Paris, 1993.

10) CABET Etienne, "*Allons en Icarie,*" éd. par François RUDÉ, Paris, 1952/réimp., Grenoble, 1980; ANGRAND Pierre, *Etienne Cabet et la Republique de 1848*, Paris, 1948.

11) １８４８年に「社会的なるもの」を問題とするうえで最も影響力をもったのがピエール・ルルーの「社会的真実」にかんする議論である。ジョルジュ・サンドが社会に目を向けたのもルルーの所説にふれたからとされる。なお「資本主義」という用語はルルーによるとの見解も出されている。重田澄男『資本主義を見つけたのは誰か』桜井書店、２００２年。

12) TCHERNOFF Igor, *Louis Blanc*, Paris, 1904; VIDALENC Jean, *Louis Blanc*, Paris, 1948 ; SCHMIDT Charles, *Des Ateliers natinaux au barricades de juin*, Paris, 1948.

13) THOMAS Emile, *Histoire des Ateliers nationaux*, Paris, 1848; McKAY Donald Cope, *The National Workshops: A Study in the French Revolution of 1848*, Cambridge, MA, 1933/1965.

14) 2月革命後のアソシアシオンの具体的な状況については次を参照。谷川稔『フランス社会運動史』山川出版社、1983年。

15) *Journées illustrées de la Révolution de 1848*, Aux Bureau de l'*Illustration*, Paris, s.d. [1848], p.113. 第七章の注4)ガルニエ=パジェスの『48年革命史』は、パリのバリケードを前近代までさかのぼって考察し、そこから討って出るという攻撃的な性格より、生活圏を守るという防衛的な面を強調している。なお次も参照。木下賢一『第二帝政とパリ民衆の世界〜「進歩」と「伝統」のはざまで』山川出版社、2000年。

16)『革命』§22、269頁。コルムナンとラムネの鞘当てにふれたトクヴィルの回想は、「憲法委員会」の項目にみえる。A・トクヴィル『フランス二月革命の日々〜トクヴィル回想録』喜安朗訳、岩波文庫、1988年、289頁以下。同書における人物評は『革命』の容赦ない筆致とかさなる部分が多い。

第九章　風俗作家の本領

1) 当時のレーボーは有名人だったにしても、政界での評価は未知数だった。1848年制憲議会議員の名鑑を参照。*Biographie impartiale des Representants du peuple a l'Assemblée nationale*, par deux républicains, l'un de la veille, l'autre du lendemain, Paris, 1848. 彼の経歴や思想は、その死にのぞんで道徳政治科学アカデミーの論集に掲載されたジュール・シモンの追悼文からうかがえる。SIMON Jules, 'Notice historique sur la vie et les travaux de M. Louis Reybaud; *Mémoires de l'Académie des scineces morales et politiques*, t.16, 1888, p.1-38.

2) 海事冒険譚および世界事情にかんするレーボーの企画物として次の2著をあげておこう。*Histoire scientifique et militaire de l'expédition française en Egypte*, Redacteurs: L. REYBAUD, Mis de FORTIA

D'URBAN, MARCEL, Paris, 1830-36, 10 vol.（『フランスのエジプト遠征史』）；Do., *La Polynésie et les Îles Marquises, voyages et marine accompagnées d'un voyage en Abyssinie et d. un coup d'œil sur la canalisation de l'isthme de Panama*, Paris, 1843.（『ポリネシア事情』、アビシニア旅行記とパナマ地峡運河計画を付す）

3) REYBAUD Louis, *Etudes sur les réformateurs contemporains ou socialistes modernes*,（T.1; *Saint-Simon, Charles Fourier, Robert Owen*）, Paris, 1840, xii-402p.; 3e éd., précédée du rapport de M. JAY, et de celui de M. VILLEMAIN, 1842-43, 2 vol.（T.2; *La Société et le socialismes; Les économistes. Les chartistes. Les utilitaires. Les humanitaires*.）（『現代の社会改良家と社会主義者の研究』）

4) 感覚論の哲学者たちの主な著作は次のとおり。C＝A・エルヴェシウス『人間論』（抄訳）根岸国孝訳、明治図書、１９６６年。E・ボノー・ド・コンディヤック『人間認識起源論』古茂田宏訳、岩波文庫、１９９３年。P＝H・T・ドルバック『自然の体系』高橋安光・鶴野陵訳、法政大学出版局、１９９９年-２００１年。近年は18世紀啓蒙思想の実践面を評価する研究がめだつ。森村敏己『名誉と快楽～エルヴェシウスの功利主義』法政大学出版局、１９９３年。山口裕之『コンディヤックの思想～科学と哲学のはざまで』勁草書房、２００２年。森岡邦泰『深層のフランス啓蒙思想～ケネー、ディドロ、ドルバック、ラ・メトリ、コンドルセ』晃洋書房、２００２年。

5) Do., *Etudes sur le régime des manufactures: Condition des ouvriers en soie*, Paris, 1859.

6) Do., *Le Fer et la houille, suivis du Canon Krupp et du Familistère de Guise,*（Derniére série des Etudes sur le régime des manufactures）, Paris, 1874. これにつづく木綿工業と羊毛工業についての報告は第四章の注10)と11)にかかげてある。

7) 弟シャルルの編著は次のとおり。REYBAUD Charles, éd., *Mémoire authentique de Maxmilian Robespierre,* 2 vol., Paris, 1830.（『マクシミリアン・ロベスピエールの信頼すべき回想録』）；*Colonisation de Bresil; documents*

officiels, 2 vol., Paris, 1858.（『公式資料にみるブラジルの開発』）

8) 義妹アンリエットは次にあげる第1作（『背教者の冒険』）以降、数多くの小説を世におくり出した。Mme Charles REYBAUD, *Aventures d'un renegat*, 2 vol., Paris, 1836.

9) SIMOND, op. cit., t.2, p.208. カチンカ・ハイネフェッター嬢は『ユダヤの女』で１８４１年1月にパリ・オペラ座でデビューした。

10)「道徳政治科学アカデミー」の名は、たとえば『フランス哲学・思想事典』（小林道夫ほか編、弘文堂、１９９7年）に「精神政治科学アカデミー」や「人文社会アカデミー」とかいった訳語が混在しているように、なお定着してはいない。とはいえ、社会科学の先駆としていずれ正当に評価される時がくるはずである。その前身にふれた次の論考を参照。髙木勇夫「フランス学士院・道徳政治科学部門」長谷川博隆編『ヨーロッパ～国家・中間権力・民衆』名古屋大学出版会、１９９０年所収。

11) 髙木勇夫「ヴィレルメ、医師・統計家・社会学者」『名古屋工業大学学報』42号、１９９1年、27-36頁。

12) 富永茂樹「統計と衛生」（阪上孝編『1848 国家装置と民衆』ミネルヴァ書房、１９８５年所収）、同論文はのちに『都市の憂鬱』（新曜社、１９９６年）としてまとめられた。

13) 'Le Baron de Paturot à la recherche de la meilleure des monarchies' par un républicain du lendemain, Supplément du journal *le Crédit*, Paris, 1849.（『ル・クレディ』紙に掲載された読みきりの「パチュロ男爵」）

14) J・カスー『１８４８年、二月革命の精神史』野沢協監訳、法政大学出版局、1979.

15) カスー、前掲書、２０３頁。また政治社会史家ロザンヴァロンのパチュロへの言及も参照のこと。ROSANVALLON, op. cit., p.315.

1) GRANDVILLE, texte par QUITARD M., *Cent proverbes*, Paris, s.d.[1845]; ADHEMAR Jean (introd.), L *Œuvre graphique complète de Grandville*, 2 vol., Paris, 1975; RENONCIAT Annie, *J. J. Grandville*, Paris, 1985.
2) みすず書房編集部編『人間の記憶のなかの戦争～カロ／ゴヤ／ドーミエ』みすず書房、１９８５年。カロの最高傑作『戦争の惨禍』は日欧の諷刺画の系譜をたどることのできる版画部門を擁する神奈川県立近代美術館が所蔵している。
3) DAYOT Armand, *Les maîtres de la caricature française au XIXe siècle*, Paris, s.d.[1888]. ch・ボードレール「フランスの風刺画家たち数人」『ボードレール全集・Ⅲ、美術批評・上』阿部良雄訳、筑摩書房、１９８５年、２２０-２４２頁。また次を参照。『版画とボードレール～詩人が語る19世紀フランス版画』町田市立国際版画美術館、１９９４年。
4) Ａ・ブルトン『シュルレアリスムと絵画』粟津則雄訳、人文書院、１９９７年。
5) 林田遼右『カリカチュアの世紀』白水社、１９９８年。
6) Ｈ・ホフシュテッター『十九世紀版画論～理想主義と象徴主義』佃堅輔訳、法政大学出版局、１９８１年。
7) MARIE Aristide, *Alfred et Tony Johannot, peintres, graveurs et vignettistes*, Paris, 1925.
8) Frontispice de *La Charge*, 24 septembre 1870, dessein par Alfred LE PETIT, in DUPRAT A., op.cit., p.102.
9) 革命後うちすてられていたヴェルサイユ宮殿を現在みられるような形に修復したのはルイ＝フィリップである。正面左手に「フランスのあらゆる栄光（をここに）」ときざまれているように、左翼の何層かをぶちぬいた「戦争の間」には、フランク王国からナポレオン帝国までの戦勝を描いた絵がかかげられた。ただ、「ブーヴィーヌの戦い」（１２１４年）のように戦闘そのものが存在したかどうか疑わしいものもふくまれており、歴史的考証とはおよそ縁遠い（捏造された）「国民の記憶」そのものである。

10) PINKNEY David, *Napoleon III and the Rebuilding of Paris*, Princeton, NJ1972. 松井道昭『第二帝政下のパリ都市改造』日本経済評論社、１９９７年。

11) 高木勇夫『フランス身体史序説〜宙を舞う〈からだ〉』（叢文社、２００２年）の第二章を参照。

12) LYONS Martin, *Napoleon Bonaparte and the Legacy of the French Revolution*, Basingstoke, 1994. 杉本淑彦『ナポレオン伝説のパリ〜記憶』山川出版社、２００２年。

13) Ｒ・セネット『公共性の喪失』北山克彦・高階悟訳、晶文社、１９９１年。

14) AUTUN Jean, *Eugène de Beauharnais. De Joséphine à Napoléon*, Paris, 1989.

15) ユゴーとデュマそれぞれの父親は、ともに革命からナポレオン期にかけて名をあげた将軍である。ところが、ユゴーは自分が母の不倫の子ではないかと思いなやんでいた。次を参照。Ｇ・ドルマン『ユゴーの母ソフィー』杉山正樹訳、中央公論社、１９８４年。デュマ父の父親である革命期の将軍を主人公とする冒険小説が刊行された。佐藤賢一『黒い悪魔』文芸春秋、２００３年。

『19世紀パリ・オデッセイ～帽子屋パチュロとその時代』（付録）

◎参考1　『帽子屋パチュロの冒険』、各章の目次と概要

§1 **蓬髪の詩人** ユゴーの『エルナニ』初演を機とするロマン派の旗揚げにくわわる。
§2 **サン＝シモン教への帰依** マルヴィナの女権擁護とメニルモンタンでの生活ぶり。
§3 **モロッコ瀝青会社の支配人** 詐欺師フルシップに会い債権募集の片棒をかつぐ。
§4 **前章の続き** ナポレオン・パチュロを名義人とする債権募集とその悲惨な結末。
§5 **ジャーナリスト** 他の3人と共に銀行家の愛人を贔屓する『アスピック』を創刊。
§6 **前章の続き** サン＝テルネストの口車にのって景品付き購読募集で味噌をつける。
§7 **新聞小説家** 大手紙の編集長が連載にたえうる小説の書き方をジェロームに指南。
§8 **前章の続き** 小説ネタにつまりオペラやバレーの劇評や音楽批評をこころみる。
§9 **新聞発行人** 女優アルテミスへの肩入れが災いして御用新聞の発行に転身する。
§10 **医師との対話** 出鱈目な医療の効能をうたう偽医者の診療所パンフレットを紹介。
§11 **前章の続き** サン＝テルネストが擁護する同種療法・磁気術・骨相学・水治療。
§12 **弁護士との対話** 法曹界を辞したヴァルモンは公証人として将来に希望を託す。
§13 **文人との対話** 文部官僚となったマックスによる専門学者保護のための言いわけ。
§14 **政治的成功と破滅** サロンを主宰して得意の絶頂にあるとき大臣から見放される。

§15 **未完の哲学者の自殺** 転生を説くビレを頼りに来世での成功を思い自殺を決断。
§16 **巡りめぐって帽子屋に** 誠意ある叔父の説得により元の木阿弥で家業に逆戻り。

◎参考2 『帽子屋パチュロ政界へ』、各章の目次と概要

［（ ）内に示した漢数字は邦訳予定の章］
§1 **帽子屋と国民衛兵** （一） 叔父の示した出世の道をたどり地区の国民衛兵に志願。
§2 **模範連隊の大尉** 王室御用の画家オスカルと共に規律の緩んだ連隊を大改革。
§3 **模範連隊と模範女房** 連隊長を目指すジェロームを支援してマルヴィナも大車輪。
§4 **パチュロ夫人の野心** （二） 胡散臭いフリビュストフスコイ公爵夫人が奥方に接近。
§5 **ボリステネス河の氾濫被災者** （三） 貴婦人の領地を救うため音楽会が催される。
§6 **詩神の宴** （四） どこも同じ顔ぶれが出席する社交界と公爵夫人主宰の詩の朗読会。
§7 **国民衛兵連隊長** オスカルに支持され薬種商の敵意ものかわ連隊長に当選する
§8 **宮廷舞踏会** 名士連に臆することなく国王ルイ＝フィリップの舞踏会に出席する。
§9 **産業調査会** フランスの国益に資する方策が、木綿と羊毛とで異なることを説明。
§10 **中世ふうの大邸宅** （五） 中世マニアの建築家がフランボワイヤン式の邸宅を建設。
§11 **都市計画の代価** パリ市庁舎の裏口で建築規制をのがれる手口を教える人物。
§12 **蓬髪派の意気ごみ** （六） 文豪ユゴーの虚栄心にふりまわされる周囲の人びと。
§13 **学会と協会の競演** （七） パリの学協会界、難破船員協会や統計学会の活動内容。

§14 **高等科学** こまかな事実関係にこだわって本質をみない物理学や生物学の現状。
§15 **官費旅行** 文部省から旅費を支出させて中近東の遺跡発掘を事業化する人物。
§16 **ポテパルの妻**（八）　貴婦人の泣き落としで彼女の借金を肩代わりする羽目に。
§17 **政治の表舞台**（九）　政府高官の秘書が政府系新人として立候補するよう勧める。
§18 **山間県での選挙**（十）　再度ナポレオンをなのって先祖の出身県から出馬する。
§19 **選挙戦もたけなわ**（十一）　選挙人の供応は不首尾で結果は最後まで分からず。
§20 **晴れて代議士に** 当選を後押しした市町村や諸団体からの陳情攻勢に悩まされる。
§21 **政治生活の多事多難** 選挙区から依頼の手紙が殺到、同郷人の議会見物に辟易。
§22 **偉大な雄弁家たち** 有力議員の演説を検討し国産チーズ愛用をうたう法案を提起。
§23 **倒閣運動**（十二）　貴婦人は政府の動静をさぐり反政府派の働きかけも活発に。
§24 **大臣の椅子** 国務次官の地位を目前にして富と名誉を我が物にする一歩手前まで。
§25 **大臣の告白** 後ろだてとたのむ大臣が逆にジェロームに大臣職の不自由をかこつ。
§26 **破産の一歩手前**（十三）　新築のパリの邸宅と選挙区の城を売ってなお金策が必要。
§27 **取引所で最後の賭け** 金繰りに困って一獲千金をねらい投機に走るが失敗する。
§28 **貴夫人と賢夫人**（十四）　正体をあばかれた貴夫人と対照的に忠実なマルヴィナ。
§29 **蓬髪派の教師** パチュロ家の長男アルフレッドはギリシア語作文で優等賞を獲得。
§30 **オスカル推薦の金貸し** オスカルの融資話にのせられ債務者監獄に収監される。
§31 **クリシーの博愛家**（十五）　監獄事情を視察して人道とは無縁の指示を出す博愛家。
§32 **嵐のあとに港入り**（十六）　マルヴィナの病を癒したあと田舎の県に閑職を得る。

◎参考3『帽子屋パチュロと革命』各章の目次と概要［（　）内の漢数字は邦訳予定の章］

○第1分冊

§1 **二人の政府委員**（一）　道徳革命を夢見るジェロームは共和政に期待したものの…。
§2 **恐怖政治の再現** パリの民衆革命を地方で実現しようと結社を扇動する政府委員。
§3 **コップのなかの嵐** 県庁で粛正の嵐がふきあれジェロームは公職から追放される。
§4 **共和主義への忠義だて**（二）　上京して政府要人を訪ね復職を願うが徒労に終わる。
§5 **メダルの表と裏** 旧友オスカルは共和政をたたえるが市井の人びとは不満を口に。
§6 **恐るべき子供たち** 大革命の再来におびえるブルターニュ出身の小貴族と召使い。
§7 **患者と医者** 財政の改善をはかった蔵相グーショーの政策はいずれも役にたたず。
§8 **ほらふきどもの理屈** アメリカに理想境イカリアを建設し同調者をつのるカベー。
§9 **人間性の尻尾** 感覚の解放を説くフーリエの衣鉢をついだコンシデランも槍玉に。
§10 **労働の解体** 労働側の怠慢のため労働を組織するという美辞麗句も台無しになる。
§11 **国立作業場**（三）　せっかく実施された社会政策も従来の慈善と同じ愚民政策に。
§12 **民衆クラブ**『人民の友』紙を再刊した医師ラスパイユはパリ民衆の不満をあおる。
§13 **市庁舎にて** 急進革命派が陣取るパリ市庁舎は矛盾する法令を発し現場は大混乱。

○第2分冊

§14 **マルヴィナの擁立候補**（四）　空っぽ頭の粉引きシモンを立てたマルヴィナの思惑。

『19世紀パリ・オデッセイ～ジェローム・パチュロとその時代』（付録）

§15 **空中で目眩** 強権的な政府が民間の活力をうばう挙にでると経済社会は破滅する。
§16 **共和国の芸術** ルーヴル美術展の凡作をこきおろすオスカルの理想の共和女神像。
§17 **普通選挙の狂騒** 史上初の拘束名簿式投票によってまきおこされる選挙戦の狂騒。
§18 **オスカルも立候補** 「昨日の共和派」を自認するオスカルは支持母体もなく選挙戦に。
§19 **憲法制定議会の開会**（五） 国会初日の模様と予想もしない代議士シモンの大音声。
§20 **舞台裏での工作** 慎重に中立をたもっていたシモンが急進派閣僚の接待に屈する。
§21 **大臣は修行中** 行政に不慣れな臨時政府の閣僚たちの下僚との頓珍漢な受け答え。
§22 **統治の準備段階** 執行委員会の発足でマルヴィナを批判し左派に同調するシモン。
§23 **アルフレッドの憲法**（六） 政治かぶれの長男が策定した憲法をマルヴィナが批判。
§24 **冗漫な審議** ルイ・ブランが主宰するリュクサンブール委員会で支離滅裂な論議。
§25 **女性クラブでの論議**（七） マルヴィナは女性結社の集会に飛びこみ議論を粉砕。
○第3分冊
§26 **革命の犠牲者たち** 財政難で経済活動が沈滞し芸術家や役者も仕事をうばわれる。
§27 **民衆のための演劇** 民衆に演劇を無料で提供した臨時政府はダフ屋を活気づけた。
§28 **党派の魔手**（八） 所有を攻撃するプルードンの宣伝は共和国の将来を危うくする。
§29 **蜂起の段取り** 国立作業場を舞台として政府転覆の陰謀をめぐらすペルシュロン。
§30 **国会乱入** パリの極左勢力と労働者による示威行動5月15日事件の発端と過程。
§31 **マルヴィナの手紙** 息子を案じて学校にかけつけたマルヴィナが危機をのがれる。
§32 **オスカルの冒険**（九） 市庁舎の占拠に居あわせたオスカルが首班に祭りあげられ。

§33 **エゲリアの不運** 臨時政府に直言する女流作家の社会的真実を求める魂の彷徨。
§34 **革命祭典** 古代ローマの凱旋式にならう珍妙なパレードがパリ中心部をねり歩く。
§35 **代議士の悩み** 法案審議の駆け引きに翻弄されたシモンは望郷の念をつのらせる。
§36 **市民の権利** シモンが後事を託した徒弟は見習の勝手な言い分をおさえられない。
§37 **鷲の帰還** ナポレオンの生存と帰還を信じ大通りを埋めつくし気勢をあげる群衆。
○第4分冊
§38 **ジェロームの政治信条** 所有の擁護と家族や郷土への愛着をうたった政治綱領。
§39 **派手な身ぶりの民衆政治家たち** 大革命の幻である山岳派の聴衆を意識した演説。
§40 **株式市場で成功する法** 経済浮揚に失敗した政府を相手に売りに徹するオスカル。
§41 **餌食にされる小鳥** 金は生かしてつかえと宣伝し庶民の預金を吐き出させる広告。
§42 **火山の噴火** (十) 6月事件の勃発によって混乱する国会に出席した代議士シモン。
§43 **溶岩の奔流** (十一) 市街戦の現場でシモンが目にした同胞あい討つ痛ましい光景。
§44 **野戦病院** 暴動には反発しつつも戦闘で傷ついた人びとを手当てするマルヴィナ。
§45 **信条の吐露** ボナパルト派の企みに乗ぜられ命を落とした好漢コントワの最後。
§46 **暴動から一夜明けて** 市街戦の爪跡がのこるパリを前にジェロームは涙を流す。
§47 **国会審議の正常化** 非を顧みず旧態依然の審議に明け暮れる国会の凡庸な論戦。
§48 **大統領選挙** (十二) 暴動を鎮圧した共和派の将軍とボナパルト家当主の間の争い。
§49 **アフリカにて** (エピローグ) 公職を退き肥沃な大地に可能性をみて自適の生活に。

フランス政治社会史年表（その1）7月王政期

年号　事項

1826　ポワチエ近郊のミニェで、空中に十字架が現われる(12／17)。[冒険§14]

1830　共和派の『ナシオナル』紙刊行、発行人ソトレに禁固3ケ月の判決(4／3)。

アルジェリア出兵、アルジェ占領の報(7／9)。

言論出版の規制をふくむ7月勅令(7／26)。

パリ民衆の蜂起による7月革命、いわゆる「栄光の3日間」(7／27〜29)

ペリエやラフィットらが臨時政府を樹立(7／29)。

ルイ=フィリップ即位(8／9)、首相にブロイ公爵を指名。

ラフィット内閣(11月)、おりからの経済不況で「破産」氏とあだ名される。

ドルイノー「ラヴニール」、フィリポン「ル・カリカチュール」創刊。[冒険§2,§6]

1831　マラストは筆禍、フィリポンは国王の戯画で禁固と科料の判決(10／30・11／19)。

ペリエ内閣(3／13)、首相は内相を兼務、文相モンタリヴェ、陸相スルト。

リヨンで絹織物職工の反乱(11月)

1832　宮廷舞踏会(1／11)、王女たちが国民衛兵士官の手をとって踊る。[政界§8]
サン=シモン教徒のテトブー通り集会所を当局が閉鎖(1／22)。[冒険§2]

1833 コレラ大流行(3/22-11月)、博物学者キュヴィエ死(5/13)、首相ペリエ死(5/16)。

「正統王朝派のアマゾネス」ベリー公妃の反乱(4月-11月)。

共和主義者ラマルク将軍の葬儀(6/5)、同月に人権協会が結成される。

サン=シモン教徒の裁判、アンファンタンに禁固1年の判決(8/28)。

スルト内閣(10/11)、首相は陸相を兼務、外相ブロイ、内相チエール、文相ギゾー。

ギゾーの肝いりにより学士院・道徳政治科学アカデミーが発足(12/29)。

フィリポンの風刺紙「ル・シャリヴァリ」創刊。[冒険§6]

サン=シモン教徒が東方旅行の費用捻出のための舞踏会を開催(3/17)。[冒険§2]

ヴァンドーム広場の円柱完成(7/28)。

人権協会メンバーにたいする裁判開始(12/11)。

1834 パリとリヨンで労働者の暴動、トランスノナン通りの虐殺(4/14)。

コンコルド広場にて第8回産業博覧会が開会される(5/1)。[政界§9]

1835 ブロイ内閣(3/12)、首相は外相を兼務、小幅な改造。

画家グロがセーヌ河で投身自殺(6/26)。[冒険§15]

フィエスキ事件(7/28)、モルチエ元帥ほか18名が殉難。

9月法(9/9)、言論出版の自由を制限。[冒険§13]

1836 チエール内閣(2/22)、首相が外相を兼務、商工相パシー。

秘密結社「家族協会」関係者の裁判、ブランキに禁固2年(8/2)。

◎フランス政治社会史年表(その1)7月王政期

1837 ジラルダンの「ラ・プレス」、デュタックの「ル・シエークル」創刊(7/1)。

ジラルダンと「ル・ナシオナル」編集長カレルの決闘(7/22)、翌日カレル死。

モレ内閣(9/6)、首相が外相を兼務、ギゾー文相。

ルイ=ナポレオンのストラスブール蜂起、失敗して国外退去(10/30)。

1838 モレ内閣(4/15)、首相が外相を兼務、内相モンタリヴェ。

船員協会の水難救助訓練で大砲から銛を発射する実験(9/22)。[政界§13]

1839 アルジェリアの首長アブデル=カデルが虜囚の身で国王に接見(4/22)。

スルト内閣(5/12)、首相が外相を兼務、公共事業相デュフォール。

ブランキらの秘密結社「四季協会」が蜂起、失敗して幹部が捕らえられる(5/12)。

1840 チエール内閣(3/1)、文相クザン、東方問題への積極介入。

ルイ=ナポレオンのブーローニュ蜂起(8/6)、失敗してアム城に収監される。

ダルメスによる国王暗殺未遂事件(10/15)。

スルト/ギゾー内閣(10/29)、首相スルトは陸相を兼務、外相ギゾー。

ナポレオンの遺灰、パリに帰還(12/15)。

1841 ラマルチーヌが議会でパリ城壁建設計画に反対の論陣をはる(1/21)。

ヴィレルメらの努力により児童労働制限法が成立(3/22)。

1842 全国的な鉄道網整備をうたった鉄道法が成立(5/18)。

自由貿易推進派が「ル・ジュルナル・デ・ゼコノミスト」誌を創刊。

1843 ルドリュ・ロランやフロコンら「ラ・レフォルム」紙を創刊。
1844 アンヴァリッド橋の欄干を吹き抜けた嵐が妙なる音をかなでる(10/10)。［革命§4］
1844 国王の渡英(9/12)、屈従外交との非難が高まる。
1845 建設労働者のストライキ、賃上げを要求（日給4フランから5フランへ）(5/17)。
1846 元森林監督官ルコントがフォンテーヌブロー宮殿で国王を襲う(4/16)。
自由貿易促進協会の第1回会合(8/28)。
1847 選挙権の拡大をめざす改革宴会の初め(7/9)、王朝的反対派のバロもこれに合流。
ギゾー内閣、ギゾーが名実ともに首相に(9/19)、スルトには大元帥の称号(9/26)。
1848 この年の国会の会期が始まる(1/28)。
ミシュレの講義停止命令に反対する学生の陳情(2/3)。
パリ第12区の改革派が2/22に改革宴会を予定(2/18)。
「ル・ナシオナル」紙と「ラ・レフォルム」紙が合同してデモ行進を計画(2/21)。

フランス政治社会史年表（その2）2月革命期

月日	事件
2/22	マドレーヌ広場やカピュシーヌ大通りを群衆が埋め「改革万歳！」の叫び声。
2/23	暴動が激化し、国王は初めモレ、ついでチエール、そしてバロに組閣を要請。
2/24	国民衛兵が蜂起民衆に合流、国王退位、臨時政府成立、「栄光の三日間」の再現。
2/25	臨時政府は労働権を保証する審議機関の設立を約束する。
2/26	共和政の宣言、国立作業場を設立する旨の法令。[革命§11]
2/27	バスチーユ広場の7月革命記念柱に2月革命の犠牲者の遺体をおさめる。
2/28	ルイ・ブランが主宰するリュクサンブール委員会が発足(5/15)。[革命§9]
3/2	労働時間の短縮、パリ10時間、地方12時間に(9/9)。[革命§35]
3/5	ガルニエ=パジェスが蔵相に就任、45サンチーム付加税の新設(3/15)。[革命§7、§32]
3/6	シュルシェルの指導により奴隷制の廃止令を発する。[革命§9]
3/15	サロンの開幕日、審査が廃され誰でも出展可能に。[革命§16]
3/17	コシディエールが警視総監に就任。[革命§39] その後はトゥルヴェ=ショヴェル(5/18)、デュクー(7/19)、ジェルヴェ(10/14)と交替
3/20	革命後にアルジェリア総督となったカヴェニャック将軍が陸相に就任。

4/23 この年の復活祭、制憲議会選挙。[革命§14、§17、§18]
5/4 国会の開会式。[革命§19]
5/5 アラゴ以下5名からなる行政委員会が指名される。[革命§22]
5/15 ポーランド民衆との連帯を叫ぶクラブのデモ隊が国会乱入。[革命§30、§31、§32]
5/21 14日に予定の祭典を実施、コンコルドからシャン・ド・マルスまで行進。[革命§34]
5/30 国立作業場の収容者にたいして出来高払い賃金を日給に変更。
6/4 補欠選挙でルイ=ナポレオンが4県から選出、議会は無効を宣言。[革命§37]
6/23 国立作業場の閉鎖命令が反乱を誘発、パリ東部にバリケードが林立。[革命§42]
6/24 カヴェニャックが全権掌握、パリに戒厳令を発す(10/19)。[革命§43]
6/25 ブレア将軍の死、ネグリエ将軍とアフル司教は銃撃戦のなかで死亡。[革命§43]
6/26 フォブール・サンタントワーヌ通りが掃討されバリケードが撤去される。[革命§46]
7/2 文相カルノは保守派の圧力に抗しきれず辞任。[革命§21]
8/25 ルイ・ブランやコシディエールらがイギリスへ亡命。
9/17 補欠選挙でルイ=ナポレオンが9県から選出され、ようやく議会に登院。
11/22 40日あまりの審議を経て新憲法が公布される。[革命§47]
12/10 大統領選挙、ルイ=ナポレオンが大差でカヴェニャックを破る。[革命§49]
12/20 議会で大統領の就任式、新内閣の首相に元・王朝的反対派のバロが指名される。

図版出典（頁の後にbisとあるのは全頁大の大型図版をさす）

表紙　「社会の階梯をのぼるジェローム」『冒険』の第2の扉絵
第I部の扉　「パリの街を走りまわるマルヴィナ」『冒険』§1、11頁。
1A　「ジェロームの遁走」『冒険』の第1の扉絵
1B　マルヴィナの活躍
　①「ジェロームの詩集を毛巻紙に」『冒険』§1、10頁。
　②「サン＝シモン教徒の集会にて」『冒険』§2、16頁。
1C　「彼は夢想家、彼女は現実家」『冒険』§2、23頁bis。
1D　「詐欺師フルシップ」『政界』§3、26頁bis。
1E　「『ラスピック』同人」（ジェロームの仲間たち）『冒険』§5、54頁。
2A　「エルナニ事件」『冒険』§1、96頁bis。
2B　「偶像を破壊する蓬髪派（ゴーチエ？）」『冒険』§1、5頁。
2C　「メニルモンタンのサン＝シモン教団」『冒険』§2、17頁bis。
2D　「マパ」『冒険』§2、20頁。
2E　「サロンの光景」『冒険』§14、132頁bis。
3A　「妄想になやまされるジェローム」『冒険』§14、142頁。

3B 「微量ながら高価な薬を売る煽動家（ラムネ?・）」『冒険』§11、102頁。

3C 非合法の医療

① 「いまふうの磁気術」『冒険』§11、103頁bis。

② 「骨相学のガル博士」『冒険』§11、104頁。

③ 「冷水療法あれこれ」『冒険』§11、105頁。

4A 「国民衛兵士官ジェローム」『政界』§3、109頁bis。

4B 「画家オスカル」『政界』§1、164頁bis。

4C 「フリビュストフスコイ夫人」『政界』§4、190頁bis。

4D 「タパノヴィッチ元帥」『政界』§5、197頁bis。

4E 「ベルリオーズ」『政界』§5、203頁bis。Musée Dantan. *Galerie des charges et croquis des célébrités de l'époque*, 1859, p.12.

4F 「建築家（ヴィオレ=ル=デュック?・）」『政界』§10、242頁bis。CHARLES Simond, *Paris de 1800 à 1900*, Paris, 1900, t.2, p.291.

4G 「7月王政期の政治家たち」『政界』§21、355-359頁。①ベリエ、②バロ、③ラマルチーヌ、④ギゾー、⑤チエール

4H 「アカデミーの入り口」『政界』§14、285頁bis。

4I 「選挙人ジェラール親父」『政界』§19、327頁bis。

4J 「選挙民を植物園に案内するジェローム」『政界』§、350頁bis。

4K 「監獄改良家シャルル・リュカ」『政界』§31、441頁bis。

5A 「ヴィクトル・ユゴー」『政界』§11、262頁bis。

5B 「ドイツ人の喝采屋」『政界』§11、266頁bis。

5C 『城主』（ビュルグラーヴ）の失敗におちこむユゴー」56頁。

5D 「女優アルテミスを応援するマルヴィナ」『冒険』§9、82 et 85頁。

5E 「エチエンヌ・アラゴ」DAYOT Armand, *Journées révolutionnaires 1830-1848*, Paris, 1948, p.125.

5F 「フェリクス・ピア」Ibid., p.109.

第Ⅰ部の末尾 「ペテルブルクでカフェを営む胡乱な夫婦と画家」『政界』§32、456頁。

第Ⅱ部の扉 「臨時政府内相の執務室前にて」『政界』§32、456頁。

6A 「フィエスキ事件の関係者」SIMOND,op.cit., t.2, pp.98-99.

6B 「7月王政期の死刑囚たち」（ブノワ、フィエスキ、ラスネール、アヴリル）APPERT Benjamin, *Bagnes, prisons et criminals*, 2e éd., Paris; 1838, frontispices des t.1 et t.4.

6C 「セバスチアニ元帥」Réunion des musées nationaux et al, *Daumier 1808-1879*, Paris/Ottawa/Washington, 1999, p.148.

7A 「臨時政府の閣僚たちの集合図」DAYOT, op. cit., 65頁。

7B 戯画に描かれた臨時政府の各閣僚

① 「外相ラマルチーヌ」『革命』§4、41頁bis。

② 「内相ルドリュ＝ロラン」『革命』§4、44頁bis。

③「陸海相アラゴ」『革命』§21、247頁bis。
④「蔵相ガルニエ=パジェス」『革命』§7、71頁bis。
⑤「法相クレミュー」『革命』§21、330頁bis。
⑥「社会問題担当ルイ・ブラン」『革命』§10、105頁bis。
⑦「黒人奴隷の友シュルシェル」『革命』§10、98頁bis。
⑧「ナシオナル派のマラスト」『革命』§47、559頁bis。

7C「文部省の改革派三羽烏」（カルノ、レーノー、ルヌーヴィエ）『革命』§21、251頁。

7D マルヴィナの擁立候補
①「粉引きシモン」『革命』§13、160頁bis。
②「代議士シモン」『革命』§22、264頁bis。

8A 秘密結社の首領たち
①「フランソワ・ラスパイユ」『革命』§12、129頁bis。
②「オギュスト・ブランキ」『革命』§30、342頁bis。
③「アルマン・バルベス」『革命』§31、358頁bis。
④「ピエール・ジョゼフ・プルードン」『革命』§28、323頁bis。

8B 社会主義者たち
①「ジョルジュ・サンド」『革命』§33、380頁bis。
②「マルク・コシディエール」『革命』§39、457頁bis。

③「エチエンヌ・カベー」『革命』§8、80頁bis。
④「ヴィクトル・コンシデラン」『革命』§9、94頁bis。
8C「ピエール・ルルー」『革命』§15、１７３頁bis。
8D「カヴェニャックとルイ=ナポレオン」『革命』§49、５８０頁bis。
8E「コルムナンとラムネ」『革命』§23、２６９頁。
9A「ルイ・レーボー」DAYOT, op. cit., p.131.
9B「トクヴィル」Ibid., p.117.
9C「エミール・ド・ジラルダン」『革命』§8、75頁bis。
10A「グランヴィル27歳の自画像」、RENONCIAT Annie, *La vie et l'œuvre de J. J. Grandville*, Paris, 1985, p.47.
10B「アルフレッドとトニーのジョアンノ兄弟」、トニー・ジョアンノ画、１８３８年。MARIE Aristide, *Alfred et Tony Johannot, peintres, graveurs et vignettistes*, Paris, 1925, frontispiece.
10C「ナポレオン3世の栄光と没落」ルプチ画、『ラ・シャルジュ』１８７０年9月24日。DUPRAT Annie, *Histoire de France par la caricature*, Paris, 1999, p.102.
第Ⅱ部の末尾「バリケードにたてもこったパリの武装民衆」『政界』§32、４５６頁。
裏表紙「社会の階梯を上下するジェローム」『政界』§32、４５５頁。

あとがき

身体にまつわる観念や習俗を抜きにして政治や経済、まして文化はかたれない。正直なところ、いまどきの大学の教養課程で、フランス一国におこった出来事を中心に近代史全般を講義することには困難がつきまとう。とはいえ経済覇権の推移という趣旨からイギリスやアメリカを軸にすえたところで同じこと。歴史離れは確実に若い世代の〈こころ〉をむしばんでいる。義務教育の現場で体操が「体ほぐし」にならざるをえなかったのと同じである。仮の分類にすぎない文系・理系の別にまどわされて、理系学生の過半は高校で日本史をならわず、世界史の授業も1年分しかうけていない。私が〈からだ〉の歴史などという新機軸をうちだしたのも、歴史をかんがえる手段はもっと身近なところにもあるということを将来のエンジニアにおしえたいからだ。それをおこたると、またもや死屍累々の悲惨な結末をむかえることになる。

技術職に自覚をうながすだけでは足りず、あわせて歴史研究者としての存在理由もしめしておかねばならない。つまるところ、歴史は私たちの身体そのもののなかに、相対立する観念の調和をとるための装置として、たとえば公衆衛生・自由経済、「忠ならんと欲すれば孝ならず」、家族愛と仕事への情熱、立身出世と独立自尊、民族自決と世界平和など、イデオロギーの対立として内包されている。いまや50歳代となった私ですら実感できない、半世紀以上前に当たり前につかわれた徴兵猶予などという歴史的用語も、その例にもれない。太平洋戦争のさなか、国家エリートへの道を約束された帝大法科の学生さえ学徒動員でかりだされたなかで、高等工業専門学校の学生は徴兵されなかったから幸せ……だったわけではない。「お前たちも戦場にいるのだ」といわれて国家への滅私奉公を余儀なくされ、自分で判断する余地をすっかりうばわれていたのだった。技術者から魂、すなわち自分で、また現場でかんがえる力をぬいた結果が、総動員体制の致命的な欠陥となった技術面・補給面での敗北である。

第2次大戦後の急速な経済発展を戦勝国も敗戦国もともに享受したのだが、とりわけ日本では民主主義の政治作法と経済的な自立・自律が繁栄の精神的な支えになっていた。ところが、戦後のエンジニアもまた、「常在戦場」とばかり企業戦士として会社社会への忠誠をちかわされた。60年代の高度成長の結果に安住し、80年代後半のバブルにおどった結果、世界一流と自惚れた経済の底がぬけるような事件事故が90年代にあいつぎ、21世紀となってもなおその後遺症になやんでいる。私にとっては父親の世代にあたる人たちが、退職してから地域社会や家族への献身を心がけよといわれても土台からして無理な相談なのだ。それでも私たちは社会のなかで生きていかなければならない。現時点での生き方を問うために歴史が必要になる。経済発展の踊り場となった70年代に筆者は学生生活をおくったのだが、そのとき大学も経済社会も大きな転換期にたたされた。しかし、根本的な反省と制度の抜本的な見直しがないまま、いたずらに時をすごしてしまった。

いまは歴史における実証の意味も問いなおされざるをえない。外国史研究の場合、現地の史料館にこもって原資料にあたるのは大事な作業ではあるけれど、日本の現実とかけはなれて日本語による歴史記述がなりたつわけがない。名にし負うフランスのグラン・ゼコールの一角をしめる古文書学校（エコール・デ・シャルト）では、テクストそのものをさまざまな角度から検討するのはいいが、批判などは問題外という。第2次大戦の前後までは学問の王道をいっていた日本の西洋史という領域には、歴史解釈上の勘違いや家父長的な秩序がめだったにせよ、せめて倫理的な価値判断の可能性があった。史料ならぬ思慮のたりない歴史学は、国家経営の用に供せられた過去の栄光を回復しようもなく、市民の学問として意義をみいだせるかどうかの瀬戸際にある。インターネットですべての知識が検索できる現在、その方面の碩学がもはや碩学としては通用しない世の中なのだ。そうした場面でもとめられる「行動する歴史学」の一端を本書は提示したつもりである。すなわち、凡庸な主人公にことよせた、どこにでもある〈からだ〉の復権。風俗小説という虚構の世界と社会史の成果によって明らかになった事実。その小説のなかの主人公の身体と時代精神の交錯するところに歴史研究の手がかりをえる、という戦略である。

本書の概要（第一章と第九章、第十章の一部）は、Ｌ・レーボー『帽子屋パチュロの冒険』（ユニテ、１９９７年）の「訳者後書き」を下敷きにしている。第一部は拙稿「ルイ・レーボーの社会戯評」（『名古屋工業大学研究紀要』47号、１９９６年）、第二部は同じく「帽子屋パチュロと二月革命」（同右48号、１９９７年）、そして第十章の半分は「カリカチュアの黄金時代」（『名古屋工業大学研究紀要』55号、２００４年）を元にしているが、第四章と第六章は本書のために書きおろした。

叢文社専務・佐藤公美さんには感謝の言葉もない。私の周囲の人たちにとっては周知のことながら、とりとめのない論述の骨組みを理解してくださり、数年来あたためてきた歴史記述の構想を形にすることができた。私のパリ風俗史がフランス史の先達の業績をこえるとは思っていないけれども、それがいまここにある必然性と、たしかな手ごたえを感じている。できれば、同氏の手をわずらわせた先の2著とあわせ、幅広い読者層にむかえられんことを。

その読者には申し訳ないことながら、扉に妻の名をかかげさせていただいた。最も身近にいる女性に、本書の〈こころ〉するところを代表してもらったつもりである。彼女がいなければ、〈からだ〉の可能性をうたう一連の書物が陽の目をみることはなかった。そう思うようになってから、照れも驕りも気にかけない文章を書けるようになった。ためにする批判、あるいは地位や名誉をえたいという野心と無縁のところで、生きた歴史叙述に自分をとけこませることができるようになったのだ。パチュロ物の真の主人公が誰であるか、私はけっしてみあやまっていないと思う。

高木勇夫

２００４年２月10日

髙木勇夫（たかぎ　いさお）

名古屋工業大学大学院教授（社会工学専攻）。1950年名古屋市生まれ。名古屋大学文学部（史学科）卒、同大学大学院文学研究科前期課程・後期課程（西洋史専攻）修了。その間、文部省（当時）海外派遣学生としてオバリン大学に留学（合衆国オハイオ州74〜75年）。81年名古屋音楽大学非常勤講師、83年同常勤講師、86年名古屋工業大学講師、88年同大助教授、98年教授（人間社会科学講座）、2003年から現職。

専門は近代フランス政治社会史。おもな業績に「二月革命と普通選挙」（阪上孝編『1848〜国家装置と民衆』ミネルヴァ書房、1985年、所収）、「フランス学士院・道徳政治科学部門」（長谷川博隆編『国家・中間権力・民衆』名古屋大学出版会、1990年、所収）、『青い恐怖　白い街〜コレラ流行と近代ヨーロッパ』（共著、平凡社、1991年）、「道徳のアカデミー論争」（服部春彦・谷川稔編『フランス史からの問い』山川出版社、2000年、所収）、『近代スポーツの超克』（松本芳明・野々宮徹と共編著、叢文社、2001年）、『フランス身体史序説〜宙を舞う〈からだ〉』（叢文社、2002年）、『〈からだ〉の文明史〜フランス身体史講義』（叢文社、2003年）など。訳書にD・ウートラム『フランス革命と身体〜性・階級・政治文化』（平凡社、1993年）、G・ヴィガレロ『清潔になる〈私〉』（共著、同文舘、1994年）、L・レーボー『帽子屋パチェロの冒険』（ユニテ、1997年）などがある。

元・スポーツ史学会理事。人間社会科学研究会を主宰、同会による講演会の記録として『自己の内なる他者』（永渕康之と共編著、2000年）、『科学とボディ・イメージ』（川島慶子と共編著、2001年）、『公共空間の再生』（竹野忠弘と共編著、2002年）を発行、現在『技術社会のバックグラウンド』を準備している。

『19世紀パリ・オデッセイ～帽子屋パチュロとその時代』

発　行／2004年6月20日　第1刷
著　者／高木勇夫
発行人／伊藤太文
発行元／株式会社叢文社

〒112-0003
東京都文京区春日2-10-15
TEL 03-3815-4001
FAX 03-3815-4002

編　集／佐藤公美
印　刷／モリモト印刷株式会社

定価はカバーに表示してあります。
乱丁・落丁についてはお取り替えいたします。

ISBN4-7947-0490-9

社会の階梯を上下するジェローム・パチュロ